都市里的汤姆&索亚

③ 战斗何时才能结束?

〔日〕勇岭薰◎著

〔日〕西炯子◎绘

徐 畅◎译

北京科学技术出版社

100层童书馆

敬告：请在游戏前阅读。

真正的冒险精神在于勇敢探索，
而不是铤而走险。

本书内容纯属虚构，
部分情节包含危险操作，
请勿模仿。

开始游戏吗？

开始新的游戏

▶ 读取存档

请导入数据。

"都市里的汤姆&索亚"①我们的城堡

"都市里的汤姆&索亚"②欢迎来到游戏之馆

开始游戏吗？

▶ 开始新的游戏

读取存档

加载中……

"都市里的汤姆&索亚"①我们的城堡

"都市里的汤姆&索亚"②欢迎来到游戏之馆

▶ "都市里的汤姆&索亚"③战斗何时才能结束？

|主要登场人物|

内藤内人　每天在多个补习班之间奔波的普通中学生。

龙王创也　内人的同学，成绩优秀，龙王集团的继承人。

堀越美晴　内人和创也的同学。

二阶堂卓也　龙王集团员工，创也的保镖，兴趣是阅读招聘杂志。

栗井荣太　传说中的游戏制作人。

目　录

楔子

战斗开始

好奇怪啊。

我合上书，从沙发上坐起来，看着创也坐在椅子上的背影。他正抱着胳膊，死死地盯着电脑屏幕。

太奇怪了。

创也是电脑兼游戏的狂热爱好者。平时，他敲打键盘的咔嗒咔嗒声几乎成了城堡的背景音乐。可是今天，他竟然坐在键盘前，双手一动不动。

我盯着创也，他似乎在认真思考。或许是新游戏的开发陷入僵局了？

正当我胡乱猜想之际，创也突然放下胳膊，以飞快的速度开始敲击键盘。但是很快，飞舞的十指又停了下来，他再次抱起了胳膊。

我悄悄走到创也身后，望向电脑屏幕。

> 内藤内人，初二学生，最强的野外生存者。教导他的奶奶究竟是何方神圣？为了帮龙王创也实现梦想，内藤内人踏上了冒险之路！

"这是……什么？"

创也擦了擦酒红色的眼镜框，说："我在模仿你写人物介绍呢，不过还真是难写啊。"

"我可以发表一下感想吗？"我问道。

创也点了点头。于是我实话实说："太拙劣了！"

这句话像一支利箭，射中了创也的自尊心。

我伸出手，敲起了键盘。我不会像创也那样盲打，只能用食指在键盘上一下一下地敲。

> 龙王创也，初二学生，爱喝红茶的游戏狂热爱好者。他有一个可怕的保镖——卓也先生。为了实现自己的梦想，龙王创也决心与卓也先生战斗到底！

"你……"创也盯着屏幕，只说了一句话，"对我这么严格，自己的水平也不过如此嘛。"

真是个不服输的家伙。

"哼！"我哼了一声。

"哼！"创也把头扭向了一边。

还是让我来做个更简单的人物介绍吧。

我的名字叫内藤内人。虽然创也把我写成"最强的野外生存者",但其实我只是个随处可见的普通中学生。至于我身旁这个把脸扭过去的家伙,他叫龙王创也。就像我写的那样,他是个爱喝红茶的游戏狂热爱好者。

"龙王"这个姓氏,你多半听过。毕竟只要打开电视,就总能听到这句广告词:"龙王集团,全方位助力您的生活。"创也就是这个龙王集团的继承人。

创也号称我们中学有史以来首屈一指的天才,他的学习成绩自然不难推测。就连他的长相,除了眼神不太友善,也确实称得上清秀。他戴的那副酒红色镜框的眼镜(虽然是一副平光镜),则让人觉得他是个头脑聪慧的人。

都说"人生而平等",可世界上既有创也这种含着金汤匙出生的孩子,也有像我这样生在普通人家的孩子。不过,据创也所说,有钱人家的孩子也有很多烦恼。对此,我一开始并不认同,可是最近,我渐渐理解了他的难处。

其中一个原因,就和他的保镖——二阶堂卓也先生有关。卓也先生的兴趣是看招聘杂志,梦想是成为孩子们最喜欢的幼儿园老师。

但目前，卓也先生的工作是时刻保护创也，让他远离危险。不过我总感觉对创也来说，卓也先生本身就很危险。

想想看吧，初二的学生正处于叛逆期，创也却要时刻受到大人的监视，所以他想要逃跑也很正常。（只是，可别把我牵扯进去。）

如果创也逃跑失败，被卓也先生抓住了会怎么样呢？沙包大的拳头或许就要落到创也的脑袋上。（所以，真的千万别把我牵扯进去。）

不过，即使被这么可怕的保镖盯着，创也仍然没有放弃冒险。

没错，冒险……

创也有一个梦想——成为一名游戏制作人，做出史上最好的游戏。

为了实现这个梦想，创也一直在寻找那位传说中的游戏制作人——栗井荣太。显然，要想找到他，势必经历一番冒险。（所以我才说别把我牵扯进去啊！）

到目前为止，我已经被创也拉去了下水道、电视台、深夜的商场等地方。最终，我们俩在"游戏之馆"找到了栗井荣太，并正式向对方发起了挑战：史上最好的游戏，将由我们来创造！

现在，我们所在的地方就是我们的"城堡"。这栋小楼本是龙王集团开发计划的一部分，中途被剔除，成了废弃建筑。要想进入这里，必须经过一条极其狭窄的巷子。所以，身材高大的卓也先生是绝对进不来的，这让我们倍感安心。

我们的城堡，麻雀虽小，五脏俱全。除了红茶是创也用零花钱买的，其他东西，比如电脑、沙发和杂志等都是他从垃圾场捡回来的，就连茶壶和茶杯也不例外。不过，创也把这里打理得井井有条，干净整洁。

不上补习班的日子，我就会来城堡看书打发时间。创也则在一旁对着电脑编写游戏程序，或是在网上检索信息。

但是，最近创也好像变了。他不知怎的，经常一动不动，陷入沉思。

虽然创也对栗井荣太夸下了海口，但"史上最好的游戏"究竟是什么样的，他心里也没数。这倒很符合创也做事的风格。其他人也许会觉得创也头脑清醒、沉着冷静，从不打无准备之仗，可在我看来，创也只是个不顾后果、莽撞冲动的大笨蛋罢了。

就像现在，明明游戏开发工作还有许多问题没有解决，可他却在写奇怪的人物介绍，真是令人伤脑筋。

不过我心里清楚，世界上总有被选中的人，至于被什么选中，的确因人而异。但创也一定是被时代选中的人，时代绝不会抛弃他。

为了开发出最好的游戏，我们必定要经历一场新的冒险，而它正在前方等待着我们。

那么，让我们一起来推开这扇冒险之门吧。

Are you ready（你准备好了吗）？

S 计划

第一场
邀请她去看电影吧

还是小学生的时候，我就常常被老妈念叨：

"为什么你就不能乖乖坐在书桌前？哪怕学三十分钟也行啊……"

要是老妈看到现在的我，会是什么反应呢？她肯定会以为太阳打西边出来了。毕竟从刚才开始，我已经在桌前坐了三个多小时了。

我面前的桌子上正摊着一张市区地图，地图上的"十六号电影院"被我做了一个红色标记。现在，这家电影院对我来说，就像一座久攻不破的城堡。

怎么才能攻破它呢？

我已经是初二的学生了，去外面看个电影当然难不倒我。

只是，这次不太一样。我想请一个人看电影。我坦白……那个人就是我们班上的堀越美晴。她是个戴着圆圆眼镜的可爱女孩，看起来瘦瘦小小、弱不禁风，但个性坚强，之前帮了我和创也很多忙。我想请她看电影表达谢意，但是，

我从来没有邀请过女生去看电影，不知道该怎么跟她开口……为此，我正苦思冥想，拟订作战计划。

"所以，你打算什么时候去看电影？"

创也的问话让我猝不及防，我没忍住，把嘴里的红茶全喷了出来。

"……"被喷了一脸红茶的创也沉默地擦着眼镜和头发。

"你怎么知道我要去看电影？"我问创也。

这里是城堡的四楼。今天不上补习班，放学后我便径直来到了这里。创也来得比我更早，那时他已经坐在电脑前敲键盘了。我看他好像在忙着查资料，就没去打扰。我摊开地图，开始思考这几天的烦心事：怎么开口邀请堀越去看电影？

在这期间，我根本没有跟创也提过看电影的事情，他究竟是怎么知道的？

创也还在整理被红茶打湿的头发，眼睛里写满了愤怒。他开口说："红茶不是……"

"'红茶不是用来喷的，而是用来细细品味的。你竟然连这种常识都不知道，我却给你倒了一杯上好的大吉岭红茶。我这个笨蛋简直是暴殄天物！我正在反省自己。'对吧？我就知道你要这么说。好了好了，快告诉我，你到底是怎么发现我要去看电影的？"

"事先声明，我不认为自己是笨蛋，也不认为自己'暴殄天物'。"说清了这一点，创也才缓缓道来，"你到了城堡以后就一声不吭，一脸心事地盯着地图，还特地用红笔把电影院标记出来了。任谁看了，都知道你想去看电影吧？"

原来如此。

"你想得很入迷啊，甚至没发觉我帮你倒了一杯红茶。"

说起来，创也的确在我不知道的时候给我倒了杯红茶，我还下意识地喝了一口。

"所以，最近有什么好看的电影吗？"

创也这么一问，我才发觉自己忽略了一件很重要的事情——十六号电影院最近在放映什么电影？

"你思考得那么认真，居然连近期有什么电影上映都不知道？"创也惊讶又无奈地看着我。

我只好老实地点点头。

创也摊了摊手，说："我无法理解。你不是很想去看电影吗？"

"看什么电影都无所谓——也不是这个意思。总之，电影是次要的——嗯，好像也不是……如果是很无聊的电影，那肯定是不行的……"

创也一脸严肃地听我分析着。不过，就算聪明如他，好像也很难理解我的话。

"虽然我听不太懂，但可以装作听懂了的样子来总结一下……"创也从桌上拿来一张纸，上面记录了他的思考过程，"首先，你是在认真地计划去电影院。其次，虽然看什么电影都行，但最好是有意思的，是这样吗？"

我点了点头。

"但是对电影本身，你并不在意，是这样吧？"

我点了点头。

"这两点明显是矛盾的。"创也把那张纸扔了出去。

嗯，确实很矛盾，我也同意。

创也长长地叹了一口气，说道："所以，为什么会产生这样的矛盾呢？很简单，因为你完全没有提到是和堀越美晴一起看电影。"

"……"

我闭上眼睛，深吸一口气。

"你早就知道我想邀请堀越去看电影？"

"不知道。可如果不是这样，你的话就不合逻辑。"

每到这种时候，我都觉得创也的头脑真是天下第一聪明。

当然，我也时常觉得创也是天下第一大笨蛋。比如，他丝毫没有意识到堀越对他的崇拜。

"最后一块拼图，拼上了。"创也向我眨了眨眼，"你的目的就是邀请堀越看电影。你想借这件事跟她搞好关系，所以看什么电影并不重要。但你选的电影也不能太难看，否则会让人怀疑你的品位。这样一想，你来到城堡之后的种种行为就都说得通了。"

创也看着我，那眼神仿佛在问：是这样吧？

"有一点不对，"我更正道，"难得请堀越看次电影，当然要选好看一点儿的了。虽然我的品位也不容怀疑……"

"我就猜你会这么说。"创也站起身，背对着我开始准备沏第二杯红茶，"不过，电影是一方面，你们在哪儿碰面、怎么去电影院等，这些路线规划也很重要。"

创也把茶壶放到灶上，转过头说："我认识的一个人，高中时曾经和女生约好一起出游。只是，碰头地点和路线完全由他来决定。嗯……该说他耿直好呢，还是该说他完全不懂女生的心思好呢？总之，在当今这个时代，像他这么迟钝的男生已经很少见了。"创也的语气就像一名科学家在读数据。

哦……听上去，这个案例确实值得参考。我从口袋里拿出笔记本，准备记笔记。

"当然，那之前他也没有类似的经验。更夸张的是，爱读书的他把碰头地点定在了书店。于是，两个人先是跑去逛了几家旧书店，又去逛了几家新书店。"

"……"

"他认为对方一定会喜欢这个行程。然而，那个女生对书完全没有兴趣。结果可想而知，他们两个再也没有一起出去过了。"

好可怕的故事。

"规划行程是多么困难，又是多么重要……你现在明白了吗？"

我连忙点头，然后在笔记本上记下：一旦行程计划出错，后果不堪设想，不堪设想！

"你说的那个人，现在生活幸福吗？"我问创也。

"还可以吧。不过，他很不满意目前的工作，每天都在看招聘杂志。"

不满意目前的工作，每天都在看招聘杂志……符合这两种情况的人，我倒是认识一个。

创也用温度计量了量开水的温度，然后关上炉子："所以，你打算在哪儿跟堀越会合？"

啊？我完全没有考虑过这个问题。

"就在电影院碰面，不行吗？"

听了我的回答，正在沏茶的创也露出怜悯的神情："那你们看完电影后，就直接原地解散？这个计划真是糟糕，注定会失败。又不是和讨厌的上司、同事一起去团建，怎么能原地集合、原地解散呢？"

"什么？！"我不由得提高了音量。

创也无奈地耸了耸肩："论野外求生，你是专家，但在这种事情上，你还是嫩了点儿。"他的语气简直跟说单口相声的老爷子一模一样。

"唉，真是拿你没办法。我可以给你一点儿建议，如何？"

创也的建议……说实话，我并不觉得创也在"这种事情"上能比我强多少。

"你的眼神里满是怀疑。"创也好像会读心术似的。

"你不是对人际关系完全没有兴趣吗？"我问道。

创也曾经说过，为了成为一流的游戏制作人，他需要深入研究人与人之间的关系。只有这样，他才能创作出触动人心的游戏。然而，要说创也本人，他是绝对不想陷入什么复杂的人际关系的。

"有个词叫'关心则乱'。深陷其中，人就会失去判断能力。我可是必须时刻保持冷静的。"

这是创也的原话。这样的创也能给我什么好建议？不太可能吧？

"如果你不需要我的帮助，我也不会强迫你。"创也轻描淡写地说道，"只不过，人际关系上的失败很容易导致心理阴影。"

听到这句话，我心里一惊。

"对着地图苦思冥想了这么久，却连看什么电影都没想好，我真的很担心你啊。"

我的小心脏扑通扑通地加速跳动起来。

"'唉，要是当时听创也的话就好了。'——希望以后不会看到你像这样懊悔不已……"

扑通！扑通！扑通！我的心脏马上就要从喉咙里跳出来了。

"啊，不过，如果你只是想长大以后坐在车里顶着一张扑克脸看招聘杂志的话，我也不会拦着你啦。"

这句话成了压死骆驼的最后一根稻草。我当即做了决定。

我凑过去，卑微地问："那……那你可不可以稍微给我一点儿建议？"

"想要建议？"创也的眼睛里流露出一丝狡黠。我点头如啄米。

"好吧好吧，反正现在我做游戏也遇到了瓶颈，就陪你聊上一会儿，争取百忙之中给你一点儿建议，权当打发时间了。"

说什么大话，给我提建议只是在打发时间？

等等，我突然想到一件事，必须提前确认一下。

"创也，你觉得堀越是个什么样的人？"我问道。

"没想过。"创也冷淡地答道。

"你对她了解多少？"

"她爸爸是堀越隆文，日本电视台的导演。他做节目的原则是'收视率就是一切'，只要能让观众高兴，他就算把灵魂卖给恶魔也在所不惜。他麾下有二十六名员工，以英文字母 A 到 Z 命名。"

创也回答得很详细。

19

关于堀越的爸爸，我也了解不少。我和创也曾经一起上过一档由堀越的爸爸负责的益智问答节目，还把节目搞得鸡飞狗跳。不过即使这样，堀越的爸爸也没有生气。节目直播过程中发生意外事件，堀越导演本该终止直播，可他还是让节目照常播出了。

"很有意思啊，为什么不能播？"回想起堀越导演那泰然自若的态度，我觉得他真不愧是把收视率当作生命的媒体人。

我清了清嗓子，继续问："那对于堀越本人，你就没有什么想法吗？"

"能有什么想法？都是同学啊。"

也就是说，创也只把堀越当成普通同学来看待……我明白了。

"创也老师，请您不吝赐教！"我手拿笔记本和铅笔，随时可以开始听讲。

"好。首先，"创也盯着地图说，"确定会合地点吧。她家住在哪儿？"

"好像是隔壁区的。"

听了我的回答，创也指向地图上的一点："那么，你们就在车站见面吧。从车站到十六号电影院的路线是……"

创也的手指划过车站前的街道，停留在了商业街上。

"中途，你们会经过商业街，游戏中心和咖啡馆应有尽有。你们看完电影，还可以来这里坐一会儿。"

我举起手提问："为什么不能直接在电影院见面？"

"答案显而易见，"创也无奈地答道，"看电影的时候，你们看似一起度过了两个小时，但其实这期间并不能增进对彼此的了解。毕竟，你们又不能边聊边看，只能各自盯着大荧幕。但如果把集合地点定在车站，去电影院的路上，你们不就可以愉快地聊天了吗？这一路上，你都可以尽情展现魅力。"

原来如此，我受益良多。

"其次，你知道该怎么邀请她去咖啡馆小坐吗？"创也抛出第二个问题。

很明显，我不知道。

"电影结束，你要把她送回车站。路过咖啡馆的时候，你就问：'要不要聊一聊刚才的电影？'这样就很自然了。"

我把创也说的话一字不落地记在笔记本上。记着记着，我偶尔也会冒出"真能这么顺利吗？"的念头，但我选择不去在意。

"举个例子吧,这就像变魔术。如果你一开始就把手插在口袋里,观众一看就知道你在准备道具,那表演效果就会大打折扣。但如果先假装把用过的道具收进口袋,同时借机亮出一个新花招……你不觉得这样更潇洒吗?"

我在笔记本上记下"精心安排很重要"这句话。

创也虽然说得有板有眼,但其实根本没有约过人。我想到了这一点,但选择不去在意。我此刻的心情就像溺水的人拼命想要抓住救命稻草。

"商业街上还有唱片店、书店和练歌房呢。去唱片店找找你们看过的电影的原声碟什么的也可以。"创也的手指沿着商业街一路划过去。

我盯着地图,脑海中已经浮现出我和堀越一起漫步在街道上的样子了。

接下来的计划,将决定我是在这里一鸣惊人,还是自掘坟墓。我可不要沉迷于逛书店,最后被堀越讨厌。

嗯,看着计划逐渐成形,我忍不住期待起来。

"这个计划真是完美!嗯,就叫它'S计划'吧!"我兴奋地说道。

"S 计划？"

"没错。顺便说一句，'S 计划'的'S'可是'电影院'的英文'sinema'里的'S'哟！"

创也对着扬扬得意的我说道："我不想泼你冷水，但'电影院'的英文是'cinema'，不是'sinema'。"

"……"

"扬扬得意"的两个"扬"，现在只剩下一个了。

"要改成'C 计划'吗？"

"……"

"不，就叫'S 计划'吧。"

看着创也体贴的微笑，我哑口无言。

"不过，你为什么想到请她去看电影？"

"啊？"

"约朋友出来玩，不仅可以逛游乐园、美术馆，还可以逛商场……选择这么多，你为什么要看电影？"

确实。我虽然喜欢电影配乐，却很少去电影院。哪怕是热门的电影，我最多只是借录像带来看（而且一般是在上映一年多以后才会想起来要看）。

我为什么会想邀请堀越去看电影呢？

这时，和我一起陷入思考的创也突然猛地一拍手："是那堂语文课！"

"什么？"

望着一头雾水的我，创也解释道："你还记得之前那节语文课上，老师让我们分组介绍了自己的兴趣爱好吧？"

我点点头。

"那个时候，堀越不是在大家面前说了吗，她'喜欢用大荧幕看电影'？"

啊！好像确实有这回事。

"正是因为听到了这句话，你才下意识地想约她去看电影。以上，证明完毕。"

我由衷地佩服创也："创也，你竟然能把上课的内容记得这么清楚。"

"还行吧。有需要的时候，我随时能想起来。"创也满不在乎地答道。

原来如此，我算是知道为什么创也从不记笔记却还能考第一了。真羡慕他……

"话说回来，我们还是先实地调查一下比较好。"创也自言自语道。

"实地调查？"

"没错，实地调查。"创也的眼神看起来很认真，"不管在地图上模拟过多少次，有些事还是得多去实地走走才能知道。"

听到创也这么说，我不由得想起了奶奶说过的话："地图固然重要，但山中的危险不会写在纸上。"

"正好后天是星期六，不如去走一遍看看吧。"

我点点头，在笔记本上写下"勤去现场"四个大字，感觉自己像一个经验丰富的老警察。

第二场
我们的午后

星期六这天早上，我和创也从城堡出发，准备沿着大路去车站。

这时，路边一辆黑色大型轿车的车门突然打开，卓也先生从里面走了出来。就好像去餐馆吃饭时，点完炒饭一定会再点一碗汤，我们俩的身后也总是跟着卓也先生。这让我觉得心头始终笼罩着一层阴影，难以放松……

我和创也头也不敢回地走着。

"我听母亲说，卓也先生今天请了年假……"创也目视前方说道。

"我也听社长说，今天创也少爷会一直待在家。本来我今天是打算去幼儿园面试的。"背后传来卓也先生强压悲愤的声音，"又失去了一次转行的机会……"

唉……这句话让我的肩膀好沉重。

湛蓝的天空挂着一轮金灿灿的太阳，我的耳畔吹拂着清爽的微风。然而，卓也先生身边却环绕着一圈阴郁的黑云。

唉……

我们到达车站时已经 9 点了。周末的车站人来人往，热闹非凡。手机摊位的营业员姐姐们正在人群中分发五颜六色的气球，热情地推销着新款手机。小朋友们拿到气球，开心地四散跑开了。

我盯着一个营业员姐姐，大约驻足了两分钟。营业员姐姐被我盯得发毛，只好表情僵硬地递给我一个气球。

隔壁摊位为了宣传新出的儿童杂志，正在分发免费的餐巾纸。我在摊位前来来回回"路过"了三遍，终于如愿收集到很多餐巾纸。

看着我兴高采烈的样子，创也冷冷地问道："你带笔记本了吗？"

或许是心理作用吧，创也的目光让我感到一阵寒意。

"如果带了，请记下这句话：'禁止没完没了地收集餐巾纸。'大写！加粗！"

是是是……

我们走进车站，查看列车时刻表。为了不让堀越到站以后等我太久，我们需要看时刻表，确定一个刚刚好的集合时间。

"集合地点也很重要。车站有北口、南口等好几个出口，如果你只说'在检票口碰面'，那就可能造成误解。所以，集合地点最好定在比较醒目的建筑物旁。"创也说道。

我环视四周，发现车站里摆放着一座罗丹的《思想者》雕像仿品。这座雕像弓着背，左手插兜，右手抵住额头，仿佛是一个迷路的人。嗯，就把集合地点定在这座雕像旁边吧，足够醒目。

此时雕像的旁边围满了人，他们或看手表，或看报纸，看神色便知是在等人。

"真是温馨的一幕啊！"我们身后的卓也先生突然冒出这么一句。

我们顺着他的目光看去，只见那里站着一个戴墨镜的小男孩，约莫在上小学一年级。小男孩双手插在短裤口袋里，偶尔抽出一只手，拢一拢额前的长刘海儿。忽然，小男孩微笑着摘下墨镜，露出一张稚嫩的脸。

原来，一个跟小男孩差不多年纪的小女孩正挥着手朝他跑来。只见小女孩一只手抱着一个白兔玩偶，另一只手不停地挥动着。他们应该是同学吧？

这样真的不会摔倒吗？我有些担心。果然，下一秒小女孩就摔倒了，精心打理过的蓬松鬈发和白色背心裙的裙摆一起飞扬起来。

　　小女孩咬着嘴唇，强忍眼泪。小男孩急忙跑到她身边，手忙脚乱地将她扶起来。

　　看到这个场景，来往的行人都不由得露出了微笑，可我却嗅到一丝危险的气息。

　　小女孩跌倒，小男孩把她扶起来，这本是一件小事，周围来来往往的人也不会因此多做停留。但是此刻却有一个男人在死死地盯着那两个孩子。

　　那个男人穿着拉面店的厨师服，腰间的围裙上印着红色的"来来轩"三个字。他三十岁左右，两只手拎着外卖箱，眼神不善地朝着小男孩和小女孩的方向迈了一步。

　　我和创也心照不宣，默契地朝小男孩和小女孩的方向走了过去。

　　"你们等急了吧？"

　　"不好意思，我们俩来晚了。"

　　"赶快走吧！"

　　两个孩子显得很吃惊，但我们还是有些强硬地拉住他们的手，往车站外走去。

"喂……"拿着外卖箱的男人伸手叫道，却没有追上来。"喊！"他懊恼地咂了咂嘴，离开了。

我们带着两个孩子跑到车站旁的商业街上，走进了最近的一家咖啡馆。我和创也先一步找到一张四人桌坐下，两个孩子并排坐在了我们对面。

"两位叔叔，你们这是什么意思？"小男孩盯着我和创也问道。

叔叔？我环视四周。卓也先生坐在我们隔壁，背对着我们。这么看来，小男孩口中的"叔叔"似乎是指我和创也。

"喂，叔叔！"小男孩又开口催促道。小女孩坐在他旁边，正噙着香蕉奶昔的吸管。

"我们只是初中生，还没到被叫叔叔的年纪吧。"创也笑着说道，只不过那笑容僵硬得很。看来创也其实相当生气，只是看在对方是个小孩子的分儿上，才极力忍耐住了没有发作。

"对我们来说，初中生就是叔叔。"小男孩说完，自顾自地喝起了可乐。真是讨人嫌啊！

"确实如此呢。"创也微笑着说道。咦，这家伙的忍耐力变强了。我简直要为创也的成长感动到落泪。

"我们还没来得及报上名字吧？我叫龙王创也。他叫内藤内人。"

听到我的名字，我满脸堆笑地朝两个孩子挥了挥手。（脸快要抽筋了……）

"顺带一提，那边背对我们坐着的'叔叔'叫二阶堂卓也。"创也不怎么高兴地补充道。

小男孩放下可乐杯。

"那我再问一次，两位叔叔……龙王先生、内藤先生，还有坐在那边的二阶堂叔叔，你们这是什么意思？"

听到小男孩改变了称呼，创也的表情略微柔和了一些。

"在谈这件事之前，我们也想知道你们的名字。"创也露出了温柔大哥哥般的微笑。

"我叫我毛正太郎，上小学一年级。叔叔——"正太郎对着我们得意地笑道。创也的表情又僵硬起来。

这个叫我毛正太郎的小男孩还真难对付。嗯？我毛……我好像在哪里听过这个姓……

啊！我想起来了！以前在日本电视台遇到的那个益智问答节目的冠军好像就姓"我毛"。我记得他叫我毛豪太郎。

难不成眼前的这个小男孩是我毛豪太郎的弟弟？

"你是不是有个哥哥？"

听到我的问题，正太郎点了点头。

"你哥哥是不是很擅长益智问答？"

正太郎又点了点头。

果然……我不再继续追问。我毛豪太郎……我不太想回忆起这个人。

坐在正太郎一旁的小女孩举起了手："我叫爱丽丝。"

爱丽丝莞尔一笑，大大的瞳仁里带着些许蓝色。

咦？这个小女孩我似乎见过。电视上？不是。那就是在报纸或是杂志上……

"你是不是那个平面模特？"创也问道。爱丽丝点了点头。

对呀！我想起来了，我经常在商场见到这个小女孩拍的广告。

我老妈最爱看的不是书和报纸，而是夹在报纸中间的广告以及购物杂志。看广告已经成了我老妈最重要的事情之一，只要有时间，她就会把广告摊在餐桌或榻榻米上细细阅读。所以在家闲晃的时候，我时常会瞥到那些广告，不知不觉就记住了爱丽丝的脸。

"你也喜欢看广告吗？"我问创也。

听到我的问题，创也一脸不快："我只是记忆力比较好罢了。"

"叔叔们……"正太郎叼着可乐吸管说道，"你们的问题我已经回答完了，是不是该轮到我们问了？你们为什么要把我们拉到这里来？"

"……"

这个小孩子的语气真是嚣张啊。

创也扶了扶眼镜，直截了当地说："因为有人盯上了你们。"

爱丽丝闻言一脸茫然，正太郎的神色却认真起来："真的吗？"

创也点了点头："你们没有发现吗？你们碰面的时候，有人一直在盯着你们。"

"果然你也注意到了，那个外卖员真的很可疑。"

听到我插嘴，创也显得很惊讶。

"你也发现了？你还挺敏锐……"

这句话充分暴露了创也平时是怎么看我的。

创也似乎很难信任我的智商，接着问道："你觉得那个外卖员哪里奇怪？"

"他跑到车站送外卖，还不够奇怪吗？一般人都是骑自行车或是摩托车送外卖吧，我从没听说过有人坐电车送外卖。"

听到我的回答，创也露出了"果然如此"的笑容："外卖员拿着外卖到车站，不一定是要坐电车送外卖，也有可能是车站的站务员或站长点了外卖啊。"

嗯……也对！

不对！光凭这个是说服不了我的，我要反驳他！

"车站里也有荞麦面馆和商店，会有人特地点外卖吗？"

"每天都吃同样的东西是会腻的，有人偶尔想吃一次外卖也不奇怪。"

我的反驳被利落地驳回了。

"那你为什么觉得那个外卖员奇怪？"

听到我的话，创也像名侦探一样伸出了食指："他拿外卖箱的方式……"

拿外卖箱的方式？很奇怪吗？

"他是像提重物一样，双手拎着外卖箱。你试一下就会知道，双手提着外卖箱很难保持平衡，里面的饭容易向一侧倾斜，汤汁也会洒出来。单手提着，反而更稳。"

我闭上眼睛，回想当时车站里的场景……确实如创也所说，那个人是双手拎着外卖箱的。

"而且，你如果留心的话就会发现，那个外卖员一直盯着爱丽丝。按说送外卖是一点儿时间都不能耽误的，他却一直停在原地不动。正太郎把摔倒的爱丽丝扶起来，车站里的其他人顶多是笑着看两眼，之后就继续赶路。相较之下，这个外卖员显得更加可疑了。更何况，之后他还试图进一步接近你们。怕你们有危险，我们才把你们带到了这里。"

证明完毕！创也端起装着红茶的杯子送到嘴边。

我本想说"真不愧是创也，和我的想法完全一样"，但是又怕被创也瞪，只好老实地闭嘴，拼命点头以示赞同。

"关于被人盯上的原因，你们有没有什么头绪……"

创也的话还未说完，便被正太郎一个眼色打断了。

正太郎对一旁喝着香蕉奶昔的爱丽丝说道："我听妈妈说，这家咖啡馆的洗手间里摆着很多装饰布娃娃。你要去看看吗？"

"嗯！"爱丽丝单纯地点了点头，抱着白兔玩偶从座位上站了起来。正太郎笑着目送爱丽丝远去。看到爱丽丝消失在拐角，正太郎立即恢复了严肃的神情。

"看来你有些头绪。"创也说。

正太郎点点头，说："爱丽丝长得可爱，家境也好，所以她妈妈一直很担心她会被绑架，现在都到了疑神疑鬼的地步。今天早上出门前，阿姨还反复叮嘱我们'要小心外面的坏人'呢。"

说到"要小心外面的坏人"这里，正太郎特意提高了音调，捏着嗓子模仿起爱丽丝妈妈说话。

"可是阿姨一面说担心，一面却又努力让爱丽丝上电视。明明爱丽丝变得有名，被绑架的风险也会增加。大人的想法真是难以理解。"正太郎长叹一口气，语气里都是与他年龄不符的成熟。

听到正太郎的话，我重重地点了点头。

我老妈每次发现我熬夜看漫画时都会唠叨："你到底要看到什么时候？还不快睡觉！"唠叨完以后又会换上一副温柔的表情："妈妈很担心你的身体。"可我每次在补习班上课上到很晚才回家的时候，妈妈却从来不会说"你到底要在补习班学习到什么时候？还不快睡觉"，也不会说"妈妈很担心你的身体"。大人总是这样，我非常能理解正太郎的心情。

正太郎一边用吸管哗啦哗啦地搅着杯子里的冰块，一边说道："爱丽丝平常都像高级宠物猫一样被关在屋子里，所以她非常期待今天出来玩。"

正太郎望着杯子里的冰块，眼神里流露出一丝哀伤："爱丽丝做模特也是大人的安排。她整天提心吊胆，担心被绑架，也是拜大人所赐。我本来以为今天可以让她放下负担，好好玩一天的……"

我有点儿感动。正太郎虽然年纪很小，但很可靠。他邀请爱丽丝出来玩，是真心想让他的好朋友快乐。这一刻，我对这个小孩子的感受产生了共鸣。

我张开嘴。但是——

"我们来保护你们。"

创也抢先一步说出了这句话。他看着红茶杯，仿佛是在自言自语。

保护别人……创也总是避免与别人扯上关系，坚持"旁观者清"。他今天愿意说出这样的话，或许是因为爱丽丝的遭遇让家庭背景相似的他感同身受吧。

正太郎的脸上闪过一丝欣喜的神色，这样的他比起刚刚那副故作老成的样子要可爱得多。然而，他很快又恢复了原来的样子。

"随你们，只要别打扰到我和爱丽丝就行，叔叔。"

怎么会有人说话这么不中听？我不禁攥紧了拳头。

创也听罢，也露出一个僵硬的微笑："我们保证不会妨碍你和爱丽丝。"

创也长大了，他的应对方式变得成熟了……

"既然如此，那我就允许你们跟过来吧。"正太郎戴上墨镜说道。

我不由得重重叹了一口气。正太郎的确不是什么讨人喜欢的孩子，但是他努力让爱丽丝高兴的心情，我却很能理解。我还是忽略正太郎的没礼貌，用成熟的方式接纳他吧。

"那么，你们现在打算去哪里呢？"我换上成熟的笑脸问道。

"去十六号电影院看电影。"

我狠狠点了点头，出来玩就是要看电影！你还挺有品位的嘛！

"你们要看什么电影？动画片吗？"

正太郎不屑地摇了摇手指："我们才不看那么幼稚的东西呢。最近有一部小众的文艺片正在上映。"

正太郎在电影方面的品位，我无法苟同。

创也问道："爱丽丝知道你们要去看电影吗？"

正太郎摇了摇头："我想给她个惊喜。"

确实，爱丽丝如果知道要看文艺片，肯定会很惊讶……我不由得同情起了爱丽丝。这时，爱丽丝抱着白兔玩偶回来了。

"那再见啦，叔叔们。"正太郎站起身，把零钱和写有这家店名字的优惠券放在了桌子上，"这是爱丽丝妈妈给的，让我们出来玩的时候用。"

正太郎露出了一个意味深长的笑容。这孩子还真是滴水不漏。

店门口的铃铛传来清脆的响声，两个孩子就这样离开了咖啡馆。

"话说回来，你竟然会主动提出保护正太郎他们。"我对端着红茶杯的创也说道，"看来你也长大了呀，学会乐于助人了。"

创也一言不发，板着脸喝红茶。我知道他没生气，只是单纯地有点儿难为情罢了。

"不过，就算发生什么危险也不怕，反正还有卓也先生在嘛。"

听到这句话，一直背对我们而坐的卓也先生突然转过身来。他仔细地把刚刚读过的报纸折好，才缓缓开口。

"内人少爷，你是不是误会了什么？"卓也先生冷冷地说道，"我的工作是在任何时候都确保创也少爷的安全，其他命令我概不接受。所以，刚才那个傲慢的小鬼无论遇到了什么危险，都与我无关。"

"是因为他刚刚叫您叔叔，您怀恨在心吗？"

"不。"

"……"

我用胳膊肘戳了戳创也，希望他开口请卓也先生帮忙。创也还没来得及说话，卓也先生就站了起来，拦在我们眼前，好似一座铜墙铁壁。

"我还需要补充一点——"卓也先生继续说道，"保障创也少爷的人身安全这个命令，是龙王集团的高层下达的。能命令我的，不是创也少爷，而是龙王集团的高层。"

卓也先生直视着创也："创也少爷，你是龙王集团的继承人，但你目前还不算龙王集团的一员，你没有资格命令我。"

创也将杯中的红茶一饮而尽，把空杯放回茶盘，开口道：

"不用您说，我也知道。我是龙王创也，但不是龙王集团的人。卓也先生会保护我，不是出于自己的意愿，而是因为有龙王集团高层的命令，对吧？"

创也露出从容的微笑，卓也先生缓缓点了点头。

他们两人在一旁你来我往，我百无聊赖地把手伸向了桌上的篮子，把里面的几根牙签、三包砂糖尽数揣进了自己的口袋里。

"你在干什么？"创也斜了我一眼。

糟了……被他看到了！

"没……我只是想缓和一下气氛。"我摆着右手说道，但这个说辞对创也并没有什么用。

"你带笔记本了吧？"创也冷冷地看着我。

我拿出笔记本，老实地说："知道了知道了，'不要把咖啡馆里的免费牙签和砂糖揣进口袋里'，对吧？"

"给我大写、加粗！"

是是是……

我掏出红笔，乖乖地记了下来。

第三场
漆黑之中被吓一跳

十六号电影院是一座新装修的大型电影院，院内共有四个小场馆，正太郎和爱丽丝去的是最里面的一个。正太郎用他妈妈给的优惠券买了两张电影票。

我看到售票处张贴着一张巨幅电影海报，看样子是一部欧美文艺片，片名是《爱与青春的盆舞[1]》。

"现在的小学生都流行看这么深奥的文艺片了吗？"我问创也。

"你可能不懂，其实我也很喜欢文艺片。"

创也的电影品位还真是高雅啊，不像我，我更喜欢动作片、动画片、特摄片[2]之类不需要动脑子的电影。

"国外也有'盆舞'吗？"我发出了心底的疑问。

"把外国传统舞蹈的名字直译过来会比较难懂，所以翻译片名时才会意译成日本观众都懂的'盆舞'。比如，俄罗

---

1 盂兰盆节是日本夏季的传统节日。在这一天，人们会跳起传统舞蹈，也就是盆舞。——编者注
2 使用特殊摄影技术拍摄而成的影视剧，常以怪兽、灾难、战争等为主题，代表作品有《奥特曼》《哥斯拉》等。——编者注

斯两种不同风格的民族舞蹈——田园风格和交谊舞风格……"创也又开始展示他那丰富的知识量了。电影还未开始，我就已经犯困了。

我决定去商店买点儿口香糖什么的提提神。正巧正太郎也在，他给爱丽丝买了一个冰激凌，给自己买了一罐黑咖啡。

"你也是怕自己中途睡着？"

听到我的话，正太郎从鼻子里发出了轻蔑的哼声："不喝黑咖啡，还能喝什么？"

我赔着笑脸听着，心里却恨不得正太郎胃穿孔。算了，我这么成熟，不跟一年级的小学生一般见识。更何况，接下来我们的任务是保护好他和爱丽丝。

我把钱递给商店的老婆婆，然后接过她手里的口香糖、薯片、满满一大桶爆米花和大杯可乐。

"吃那么多垃圾食品会得老年病的，叔叔。"正太郎看着我手中的零食评价道。

哈哈哈……原来是我的胃要穿孔了。

创也冷冷地看着我买的爆米花和薯片，说："爆米花和薯片……你竟然买了这种吃起来很吵的食物，看来你根本不懂电影鉴赏礼仪。拿出你的笔记本，给我记上'看电影时不要吃会发出噪声的食物'。"

"多管闲事。我就是喜欢一边看电影，一边安静地吃爆米花和薯片！"

虽然我极力辩驳，但可惜创也和正太郎压根儿无法理解我这种"高品位"的爱好。

卓也先生也买了一罐黑咖啡。他的黑西服和黑咖啡格外相衬。

我拎着正太郎的后衣领，让他看看卓也先生："怎么样，正太郎，卓也先生这样手拿黑咖啡的样子很帅吧？你也要快快长大，变成卓也先生这样的大人哟。"

"要你管！"正太郎拍开了我的手。真是个讨厌的小鬼。

推开沉重的大门，我们走进放映厅。掀开厚实的红色天鹅绒布，里面是一片如洞窟般黑暗的世界。虽然我很少来电影院，但这个瞬间让我无比享受。暂时脱离按部就班的日常生活，走进新鲜神秘的电影世界……这种时空转换的感觉令人着迷。

等到眼睛渐渐适应了黑暗，我才发现眼前就是观众席。本以为席上会空空荡荡的，谁承想竟然有 80% 的座位都坐着人，吓了我一跳。正太郎和爱丽丝也不理会我们，径直走向正中间的最佳观影区。

"我比较喜欢坐在最前面，这样可以躺着看电影……"我向创也抱怨道。

创也转过头来看向我。即使在黑暗之中，我也能感受到他那冰冷的视线："和堀越一起来电影院时，你也打算这么看吗？"

不等他再次开口，我赶紧拿出笔记本，记下：在电影院看电影时要保持优雅的姿势。

我和创也坐在正太郎和爱丽丝的正后方，卓也先生则坐在我们俩后面。

"还有，这一路上你掉了太多的零食吧？薯片撒了一路，你没发现吗？"

关于这件事，我并不想听创也唠叨，明明最心痛的人应该是我。

"不过，还真是稀奇，"创也盯着我，"竟然弄掉了这么多零食，真不像你。"

我在你心目中就这么没出息吗？

哗——！

伴随着一阵提示声，大荧幕前的幕布向两侧徐徐拉开。电影开始了。

我一颗接一颗地把爆米花送进嘴里，尽量不发出声音。创也似乎看得很入迷，我也努力把注意力集中在荧幕上。但这电影实在是无聊透顶。

别的不说，这部电影的剧情就让我一头雾水。

雨中有一名年轻士兵正在做俯卧撑。一开始我以为是军事训练，后来才发现是军队驻扎的村子要举行盆舞大赛，他正在热身。盆舞大赛每隔一百年才举办一次。按照传统，冠军必须与村里最美丽的姑娘结婚。（盆舞怎么才能分出胜负？我真的搞不懂这个规则。可世界那么大，也许某处确实有这样的习俗吧。）

士兵有一位订婚对象。但是为了捍卫军队的荣誉，他必须在盆舞大赛中胜出，对此他十分苦恼。可令人想不到的是，他那位订婚对象竟然也要参加这次盆舞大赛……

最终，两人在决赛中相遇了。士兵会为了胜利，击败自己深爱的人吗？

貌似是这样的剧情。（如果他的订婚对象取胜，那她也要和村子里最美的姑娘结婚吗？这是一个问题……）

拿不准剧情，是因为我看到一半就昏昏欲睡了。虽然我拼命瞪大双眼，但是上下眼皮还是控制不住地打架。

"看电影看到一半就开始打瞌睡的男生可是最糟糕的哟。"半梦半醒中，创也的声音从遥远的地方传来。我下意识地想要记笔记，却发现自己的手动弹不得。

很快，我便彻底昏睡过去了……

我做了一个梦，梦见了小时候跟着奶奶进山。日已西沉，奶奶为我生起篝火，火光柔和温暖。

"野兽都怕火。只要有火，我们就不用害怕了。"我盯着篝火，耳边传来奶奶的声音，"但是，如果遇到被人饲养过又回归野外的野兽，那就比较麻烦。它们不害怕火光，你无法知道它们何时会从背后突然袭击你。"

奶奶的话着实令人毛骨悚然。可因为奶奶就在我身旁，我依旧感到很安心。

就在梦里的我也昏昏欲睡的时候，有鸟嗖的一声飞过，吓得我立刻清醒了过来。我紧紧抱住奶奶，奶奶温柔地抚摸着我的头，说道："不要害怕。能在山里听到明显的声响，反而表示我们很安全。"

"为什么？"我疑惑地问道。

"如果你是肉食性动物，那么想要袭击猎物时，你会发出响动吗？"

听到奶奶的问题，我摇了摇头："要是突然发出声音，猎物会受惊跑掉的吧？"

奶奶满意地点了点头："对吧？所以，能听见声音的时候，反而不用害怕。真正可怕的，是那种细小的声响——凝神屏息、刻意放轻的脚步声和幽微的动静……"

我迷迷糊糊地听着奶奶的教导。

嚓！嚓！

耳边传来清脆的声响，是过道上的薯片被人胡乱踩碎的声音。

"这是安全的声音。"

听到奶奶的话，我点了点头。

我微微睁开眼，看到两个人正缩着身子在过道上走动。我安心地闭上眼睛。

不一会儿，又有一阵窸窸窣窣的声音传来……

刻意放轻的脚步声，幽微的动静……不是小心翼翼的观众，而是正在捕猎的肉食性动物……

"内人，快醒醒！"

我猛地睁开眼睛，意识一瞬间回到了现实。我看到一个男人正缓缓地朝着正太郎和爱丽丝的方向移动，手里还拿着什么东西，正在放映机的微光下闪烁着寒意。

是一把刀！

我赶紧把一根橡皮筋套在左手的食指和大拇指上，再架上可乐杯里的碎冰，一个简易弹弓就做好了。我这儿距离那个男人大约五米，我绝不会打偏。

我拉紧橡皮筋，瞄准那个男人的脸。

"啊！"

一片昏暗中，男人被击中，他下意识地抬手捂住脸，手中的刀也不慎掉落在地上。这哐当一声引起了创也的警觉。

"爱丽丝就交给你了！"我大喊着把正太郎从座位上抱出来。

这一闹有些对不起其他观众，但现在实在顾不得那么多了。我把正太郎挟在腋

50

下，在狭窄的座椅间穿行。我在匆忙中往后一瞥，看到创也正抱着爱丽丝跟在我身后。

那个男人在距我们不远处紧追不舍。放映厅狭窄的通道成了我们的优势，成年男性在这里穿行并不容易。但是再这样下去，我们迟早会被追上。

糟了……我现在身上只有吃剩一半的薯片、爆米花和一根橡皮筋。可乐没来得及拿，就嘴里还叼着一根吸管。口袋里是几根牙签和三包砂糖。巧妇难为无米之炊啊……

"啊！"

突然，身后传来创也的一声惊叫。我赶快回头，发现那个男人抓住了创也的肩膀。

不妙！

我慌忙放下正太郎，准备去帮创也。正在这时，创也肩上的手突然被人用力踢开了。是卓也先生！卓也先生一个漂亮的上踢，帮创也甩开了那个男人。

"您不是说不帮忙吗？"创也问道。

"这两个孩子怎么样与我无关。但是，保护创也少爷是我的工作。"卓也先生回答。

听了卓也先生的话，我忍不住叹了口气。看来卓也先生

51

一直在等这个由头呢。

"总之，请你们先去安全的地方躲躲。这个男人交给我收拾。"

卓也先生摆出了战斗的架势。不过他并没有脱掉西装外套，看来对手实力不强。

"喂，你们别站着啊！""到底在搞什么啊！""完全看不见荧幕了！"观众席上的抱怨声此起彼伏。但卓也先生充耳不闻。只要进入工作状态，他就会自动无视周围一切无关的人和事。

卓也先生出手了。只见他抓住那个男人前胸处的衣服，一把将他举了起来，真是力大无穷！

我和创也分别抱着正太郎和爱丽丝跑下阶梯，往放映厅大门的方向跑去。

卓也先生把那个男人扔在了过道上。那个男人像猫一样蜷缩起身体，随后调整姿势站了起来。他虽然摆好了接招的架势，但是明显对卓也先生十分忌惮。说时迟那时快，卓也先生以迅雷不及掩耳之势，朝着那个男人使出一记漂亮的回旋踢。男人勉强躲过，打出一记右直拳快速反击。卓也先生却丝毫没有躲开的意思。

砰！现场发出一声沉闷的声响，卓也先生竟然毫发无伤地用胸膛接住了那个男人的右直拳！

现场的观众如果是来看动作电影的，那他们一定会为两人精彩的打斗献上热烈的掌声。但是这里播放的是文艺电影，观众对卓也先生和那个男人破坏气氛的行为感到怒不可遏，纷纷拿起手边的东西扔过去。

于是，饮料瓶、爆米花、小册子……各式各样的东西像雨点般朝两人砸过来。

我们怕被发现是卓也先生的同伴，悄悄逃离了电影院。

第四场
街头艺人之路

从十六号电影院出来，我们径直走向了附近的步行街。星期六的步行街人山人海，熙熙攘攘。就算那个男人追到这里来，恐怕也很难找到我们。

"为什么电影还没放完就出来了？"爱丽丝一脸不满地问道。

我和创也不知该如何回答。

正太郎先开口了："今天天气这么好，一直坐在昏暗的电影院里就太可惜了，你不觉得灿烂的阳光更适合你吗？"

听到这句肉麻的夸奖，爱丽丝的脸颊漾起了红晕。（难不成她很感动？）

走在热闹的步行街上，我的心情也好了不少。我小声对正太郎耳语道："干得不错，蒙混过关了呢。"

"因为我希望爱丽丝能一直开心地笑。"正太郎撩了撩刘海儿，得意地说道。他那洁白的牙齿在阳光下闪闪发光。

如果我们班上有和正太郎一样的同学，我想我是不会和他成为朋友的。

"还是报警吧。"创也拿出了手机。

"等一下，叔叔！"正太郎拦住了创也拨电话的手，"我在咖啡馆里不是说过，今天对于爱丽丝而言非常重要吗？如果又是警察又是嫌疑犯，那一切就都毁了。"

创也默默望向前方的爱丽丝。她正迈着快乐的步伐，兴奋地打量着来往的人群和鳞次栉比的店铺。

"我想让爱丽丝度过快乐的一天。"正太郎轻声说道。

创也叹了一口气，把手机放回口袋里，说："好吧。为了给爱丽丝留下美好的回忆，我们会尽全力提供帮助。"

听到这句话，正太郎的脸上才绽放出久违的笑容。嗯，见到这个笑容，我还是愿意和他做朋友的。

我在卖氢气球的小摊上买了一红一黄两个氢气球。

"这个红色的气球是给爱丽丝的礼物。"说着，我把红色气球塞给正太郎，又把黄色气球绑在了他的腰上。这样一来，就算走散了，我们也能轻松地找到他们俩的位置。

正太郎一脸嫌弃地接过气球，然后跑到爱丽丝身旁，把红色气球绑在她的腰上，又顺势牵起她的手保护她。

看到这一幕，创也小声对我嘀咕道："你不羡慕正太郎吗？你就无法像这样自然地牵起堀越的手。"

原来牵手也是一门学问啊……我在笔记本上记下：掌握牵手的诀窍！

不过，牵手的诀窍到底是什么？

不懂的事情就要问，于是我问创也："怎么才能自然地牵手？"

"关键是节奏和时机！"创也给出建议，"对你这样既没本领又没经验的人而言，这是最简单的方法。"

"具体怎么做？"

"首先，要和她的步伐保持一致。"

我把创也的话一字不落地记在笔记本上。

"其次，要目测她的手的摆幅。"

bǎifú——我没听懂这是什么意思，只好先这么记上。

"接下来，要让自己的手的摆幅和她的保持一致。最后，快准狠地牵上去！"

嗯，完美！

我合上笔记本，说出了心底的一个想法：

"没想到你居然是一个这么热心的人。"

"……"

创也板着脸不说话，兴许是害羞了吧。发现创也是个热心肠，我也很高兴。

创也在班里一直有些格格不入。倒不是大家孤立他，也不是他故意疏远其他人——学校有活动，需要创也和大家齐心协力的时候，他也很乐意配合。

但是我总觉得……创也的眼神总是很冷静。就算和大家有说有笑，他心里也始终保持着冷静，一直冷眼观察着周遭的一切。班上的同学们似乎也注意到了这一点，所以总是有意无意地与他保持着距离。

如果让大家知道今天的事，是不是能够拉近创也与同学们之间的距离呢？

嗯，后天到了学校，我一定要告诉同学们：创也为了正太郎和爱丽丝付出了多少努力。

"反正今天还有卓也先生，保护两个小孩还是不在话下的。"我轻松地说道。

"请不要误会，我的工作仅限于保护创也少爷的安全。"我们背后传来卓也先生冰冷的声音。

我和创也回过头，看到卓也先生顶着一张疲惫的脸站在我们身后。他的黑西装上星星点点地粘着爆米花，头上还散发着一股酸甜的味道，不过那味道不是来自发蜡，而是来自他那满头的橙汁。

"可是，刚才卓也先生不是保护了我们吗？"我擦着冷汗问道。

"那是因为那个可疑的男人抓住了创也少爷的肩膀。"卓也先生答道，语气像个机器人。

我只好耸了耸肩。

"所以，那个男人究竟是什么来头？"创也问道。

"不知道。无论我怎么问，他都守口如瓶。我不想在他身上浪费时间，就把他送到派出所了。"

卓也先生回答道，语气像一个把捡到的钱包交给警察叔叔的诚实的小学生。

看来，对于敌人，我们一无所知……

这时，步行街上的人流突然停住了。人们纷纷驻足，朝着同一个方向张望。

发生什么事了？我和创也因为个子不高，被人群挡住了视线，什么都看不见。倒是正太郎和爱丽丝移动着小小的身体，试图穿过人墙，我一抬头就看到一红一黄两个气球在人群中摇曳着前进。

"似乎是街头艺人在表演。"人高马大的卓也先生说道。

我和创也用肩膀和胳膊肘奋力拨开人群,想要挤到前面去。但我们既不如卓也先生那么高大,又不像那两个孩子那么灵活,行动起来很不方便。经过一番努力,我们终于向前移动了一些,忙不迭地往前看去。

只见一名抹着厚厚的白色粉底、画着大红鼻子的小丑正将六个保龄球瓶轮流抛向空中,再一一接住——原来是他在表演杂耍。小丑的对面还架着一台日本电视台的摄像机。

要是被摄像机的镜头捕捉到,我们估计就会出现在今晚的本地新闻里了。想到这个,我不由得紧张起来。

小丑手中的保龄球瓶仿佛被隐形的绳子系着,有规律地在空中跳着舞。

"哇!"围观的人爆发出欢呼声,随即又是一阵热烈的掌声。

小丑接住所有的保龄球瓶,向观众鞠了一躬,然后拿出一副扑克牌。

那副扑克牌和我们平时玩的扑克牌不同,每张足足有一个笔记本那么大。扑克牌在小丑的手中仿佛有了生命,灵活地跃动起来。

人群中再次爆发出热烈的掌声。

"接下来，我想邀请一位观众来帮助我完成接下来的表演。"

这时，小丑身边忽然冒出一位同样装扮的助手。助手环视人群，似乎是在寻找合适的观众。旋即，他的目光停住了——他把腰间绑着红色气球的爱丽丝牵到了小丑面前。

人们为爱丽丝送上了热烈的掌声。

"真是一位可爱的小姑娘。你叫什么？"小丑问道。

"爱丽丝。"爱丽丝甜甜地笑着。

"真是一个可爱的名字。"小丑的眼睛弯成了月牙。

助手突然上前按住爱丽丝的双肩，吓得她颤抖了一下。

小丑环视人群，张开双手高声说道："接下来，扑克牌将会飞向这位可爱的小姑娘。"紧接着，一张张扑克牌在小丑的两手之间挪移跳跃，发出啪啪的脆响。

"爱丽丝，睡吧，这样就不会害怕了。"

说着，小丑从口袋里拿出一块银色怀表，在爱丽丝眼前左右摇摆起来。

"请看着这块表，你会觉得越来越困……"

我感到汗毛倒竖，一种可怕的预感涌上心头。

爱丽丝闭上了眼睛。我知道爱丽丝正在逐渐失去意识，只是因为助手牢牢地抓着她的肩膀，她才没有倒下。小丑冷笑着，阴森的笑容仿佛固定在了那张惨白的脸上。

我拼命想挤上前去，希望能在关键时刻把爱丽丝救下来。可前面的人群纹丝不动，像故意阻拦我似的。不对，他们的确是故意的！戴着墨镜的男人们挡在我面前，转过头来冲我露出微笑。

我转头看向身边，创也同样被严防死守，无计可施。

拦住我们的那群男人统一戴着黑色的墨镜，难不成这伙人都是冲爱丽丝来的？

"正太郎！"我朝着前方飘动着的黄色气球大喊道，"有危险！快去爱丽丝身边！"

"不行啊，叔叔！"正太郎的声音也透着焦急，"周围这帮人是一伙的，他们按着我，我动不了。"

我回头看去，发现卓也先生在离我们很远的地方。他试图推开人群，可高大的身材此时却成了障碍。

"爱丽丝！"正太郎大喊道。可是，陷入催眠状态的爱丽丝正茫然地盯着小丑，看也没看正太郎一眼。

"爱丽丝！"我也扯开嗓子大喊，可爱丽丝依旧没有任何反应。

这时，小丑亮出了一张扑克牌。不好！他马上就要用扑克牌攻击爱丽丝了！

我慌忙从口袋里掏出一根吸管，再用牙签把爆米花碎块从吸管下部捣进去，最后把牙签也插了进去。我离爱丽丝还有相当一段距离，即便现在没有风，我也没有一击必中的信心。但是，我没有时间犹豫了。

我隔着前方众人的肩膀，瞄准爱丽丝的红气球，把吸管放到嘴边，用力一吹。

啪！

正中红心！

终于，气球爆裂的巨响唤醒了爱丽丝。与此同时，围观群众受到惊吓，人墙也松动了一些。于是，正太郎、我、创也和卓也先生趁机冲到了爱丽丝身边。

"咯咯咯……"小丑发出令人毛骨悚然的笑声。刚才拦住我们的墨镜男们聚集到我们周围，站成了一圈。我和创也、正太郎三人把爱丽丝护在身后，然后迅速藏到卓也先生宽阔的背部后面。

"咯咯咯……"小丑的表情隐没在浓妆之下，让人难以看清。但有一点我可以确定：小丑、助手和墨镜男们都是冲着爱丽丝来的。

我快速清点了一下对方的人数："八个人……"

"是九个人。"创也纠正道。（真是的，难得让我抓住一个耍酷的机会……）

"卓也先生，您能应付吗？"创也问道。

卓也先生边脱外套边回答："不费吹灰之力。"

看到卓也先生脱下外套，我意识到事情并不像他说的那么乐观。那么，我们现在到底应该怎么办？

我们无法和卓也先生一起战斗，因为正太郎和爱丽丝还需要人保护。况且，我们贸然加入战斗，反而可能让卓也先生束手束脚。所以，最佳方案就是我们带着正太郎和爱丽丝先去一个安全的地方。

唯一的问题是，我们被墨镜男们团团围住了。咦……

我有些疑惑。我原以为墨镜男们已经将我们困住了，但事实并非如此，周围的人墙竟有一个巨大的缺口！这是为什么呢？但我已无暇思考。

我赶忙拉起正太郎和爱丽丝的手，对创也大喊道："我们从那儿逃出去！"

创也却丝毫没有要跑的意思。他伫立在原地，似乎在思考着什么。

没有时间了！我背起昏昏沉沉的爱丽丝，拎起正太郎，朝着创也的屁股踢了一脚，硬是把他也带离了现场。

本以为墨镜男们会追上来，我边跑边回头张望，结果身后空无一人。

啊？

我停下脚步，发现墨镜男们全都死死地盯着卓也先生，完全没人关注我们。这是件好事，可不知道为什么，我瞬间就失去了逃跑的动力。

只见墨镜男们各自拿出了武器，有蝴蝶刀、伸缩警棍、铁管，还有装满了沙子的皮质短棍 —— 一种叫"Black Jack"的武器。

卓也先生放低重心，准备迎战。小丑哗啦啦地洗着手中巨大的扑克牌。战斗一触即发，动作电影里才会有的大场面即将上演。

"让我看看，你有什么能耐！"

小丑张开血红的大嘴，同时发射出指间的扑克牌。收到小丑的信号，那群墨镜男一齐扑向了卓也先生。

嗯……还是没人关注我们。

第五场
诡计公园1

我们走在马路上，按理说应该加快脚步，躲避追捕，可我却提不起劲儿，因为好像也没人追过来……

创也还是沉默不语，似乎在思考着什么。根据过往的经验，我知道现在最好不要跟他说话。我还知道，现在他的所思所想一定是我抓破脑袋也想不到的，所以还是让他自己静一静吧。

"肚子饿了。"爱丽丝对正太郎说。

嗯，确实到了午饭时间。

"那我们去吃汉堡吧！"正太郎从口袋里拿出两张优惠券，只见上面用超大的字号写着：每天半价！叠加本券，立享二五折！

"这两张优惠券只够我和爱丽丝用。两位叔叔，不好意思啦。"

好好好……

我问道："这些优惠券也是爱丽丝的妈妈给的吗？"

正太郎举着优惠券点了点头。突然，创也伸出手，握住了正太郎的手腕。

"你干什么?! 我都说了，这两张优惠券是我和爱丽丝的!"

创也对正太郎的抱怨置若罔闻，只是一脸认真地盯着优惠券。这家伙居然这么喜欢吃汉堡吗？

我连忙说："放开他吧，创也。你要是想吃汉堡，我可以请你。"

听了我的话，创也终于放开了正太郎的手。没想到创也这种小少爷也会有贪嘴的时候。

我和正太郎推开汉堡店的门，正要走进去，却被创也拦住了。

"等一等，我们还是去对面那家店吃吧。"创也指了指马路对面的一家汉堡店。那家店虽然味道很好，但有些贵。

"叔叔，我可没有那家店的优惠券。"

"不要紧，"创也豪爽地说，这语气和刚才沉思时的他简直判若两人，"你们刚才都听到了吧？内人叔叔说要请客，我们就放心大胆地去吧!"

等一下!

不等我分辩，创也就推着正太郎和爱丽丝走向马路对面的汉堡店。我试图阻止他，可是太迟了……三个人丢下我，一个接一个地走进店里。

"好好吃！"爱丽丝兴高采烈地咬下一口汉堡。

"我觉得一般。"虽然嘴里这么说，但正太郎还是大口大口地吃着，看上去很满足。

只有创也表现得很不满："说到底，汉堡就算再怎么好吃，也不过是垃圾食品。我身为一个美食家，本来不应该吃这种东西的。"

"那就别吃了！"我伸手去夺创也手中的汉堡。创也见状，连忙把剩下的汉堡全部塞进嘴里。（哪个美食家会这么狼吞虎咽的？）

我们坐的位置在落地窗边，正对着外面的大马路。我在最右边，左边依次是创也、正太郎和爱丽丝。这场景让我不由得想起了过去看过的一部老电影，叫什么来着……这种时候，我发现身边正好有一位人形《世界大百科》——创也，所以决定问问他。

"是《家族游戏》¹吧，森田芳光导演的作品。"创也答得飞快，随即惊讶地看向我，"是我小看你了。你会这么问，说明你也注意到了。"

----

1 于1983年上映的日本喜剧电影，由同名小说改编，讲述了一位家庭教师通过独创的教育方式帮助成绩垫底的初中生考上名牌高中的故事。——编者注

啊？我注意到什么了……

创也伸出一根手指："我想再吃一个汉堡，你呢？"

"可以，谁想吃，谁付钱。"

"可你明明说过要请客的。"

"那我不吃了，你那份我也不付！"

我果断拒绝了创也得寸进尺的请求。

话说回来，他还真是悠闲，敌人现在说不定已经在赶来的路上了，他居然还有心思吃汉堡！

我忍不住提醒道："我们差不多该走了吧？现在卓也先生不在这儿，万一被偷袭，我们会很危险。"

可创也语出惊人。

"不要紧，想待多久就待多久。只要待在这里，我们就不会被袭击。"

咦，什么意思？

我刚想问，创也却已经从座位上站了起来，说："不过，总是待在这里，正太郎和爱丽丝也会觉得无聊吧？差不多是该走了。"

看着创也利索地收拾托盘，我问道："你对食物说'谢谢款待'了吗？"

"……"

创也又陷入了片刻的沉思。过了几秒，似乎是觉得我的话很有道理，他乖乖地双手合十："谢谢款待。"

"那对请客的人的感谢呢？"

"哦……谢谢你。"

这句话说得有些敷衍，我却心满意足。

离开汉堡店之前，创也走到收银台前，跟营业员姐姐说了些什么。营业员姐姐笑着点点头，递给他一张汉堡店的宣传海报。

"创也……你要海报做什么？"

"收集这种免费的东西本来是你的特长，不过今天轮到我了。"从店里走出来，创也又把绑在汉堡店护栏上的广告旗抽走了一个。

"喂，那个可以随便拿吗？"我想要阻止创也。

创也冲着我笑道："没事，我已经得到店员的允许了。"他高兴地举起旗子，问正太郎："接下来，你们打算去哪儿？"

"车站前的儿童公园吧……"

"非常好！那儿可是朋友聚会的最佳地点！"

不知怎么的，创也的情绪似乎很高涨。

"好，出发！"创也举着旗子，高声说道。

午后的儿童公园里，除了常见的攀登架、秋千、单杠，还有一些木制的运动器材，几个孩子正在玩耍。一个中年男人躺在长椅上午睡，旁边还有只小狗——也许遛狗太累了，他正在休息。小狗感到无聊，发出呜呜的叫声。那个男人睁开眼，从一旁的篮子里拿出零食，撕成小块扔了过去。小狗安静下来，男人便接着打起了盹儿。

不远处的另一张长椅上，坐着一个穿红色套装、红色漆皮高跟鞋的时尚大姐姐。她的脸藏在宽大的红色帽子和墨镜下，手中拿着的粉色棉花糖格外引人注目。我从来没有见过有谁像这个姐姐一样，吃棉花糖都能吃得如此优雅。

爱丽丝和正太郎朝秋千跑去。

"等等！"创也喊住两人，把汉堡店的旗子递给正太郎。

"干什么啊?!"正太郎抱怨道，"拿着这个还怎么玩？"

"不拿着也行。"创也仍旧把旗子塞到正太郎手里，"玩的时候把旗子立在旁边，这样就能保证你们的安全了。"

"……"

正太郎还想抱怨，但最终想快点儿玩耍的心情占了上风。他拿着旗子向秋千跑去，而爱丽丝早已坐在秋千上荡了起来。

"内人，你也别忙活了，来休息一下吧。"

我正在翻垃圾箱，想找点儿趁手的工具，却听见创也这么对我说。

"怎么能休息呢？不做些准备，万一那群墨镜男又来了可怎么办……"

说话时，我也没停下手上的动作，把一个没气的皮球扔回了垃圾箱。

"我已经做好准备了。"创也一边说，一边用手帕擦他的那副平光镜，"我已经知道敌人的弱点了。现在他们无论使出什么手段，都不可能打败我们。"创也一副胸有成竹的样子。

嗯……既然创也都这么说了，那就姑且相信他吧。

"找到你们了。"

卓也先生终于赶来了。他把西服外套夹在腋下，但衣服整体还算整洁，也看不出任何外伤，只是声音听起来有些疲惫。

"卓也先生，您没事吧？"我担心地问道。

"不用担心。战斗本身不是问题，但要手下留情还是很累的。那个小丑、助手和墨镜男们都对格斗一窍不通，虽然手里拿着吓人的武器，但是根本不会用，我光是看着他们都提心吊胆的。"卓也先生一边穿外套，一边说道。

"周围的人都有什么反应？"创也问道。

"这个嘛……"卓也先生陷入了沉思，"大家相当支持我呢。我把最后一个人打趴下时，周围的掌声格外热烈，甚至还有人扔小费给我。"

"你没捡吗？"我问道。

"没捡，倒是收了这个。"卓也先生微微一笑，从口袋里拿出了一颗糖，"有个孩子可能以为我们在拍特摄片吧，对我说'哥哥你好厉害，这个送给你'。"

"这段叙述有矛盾。"创也伸出食指，"那个孩子叫你'哥哥'，而不是'叔叔'？"

"没错，是'哥哥'，不是'叔叔'。"卓也先生相当认真地回答道。

不过，我们似乎没有时间讨论这么"重要"的话题了。

一辆面包车停在了公园入口。车门拉开，刚才的那些墨镜男一个接一个地跳下了车。仔细一看，他们一个个鼻青脸肿，眼镜框东倒西歪，有的人鼻子里还塞着卫生纸。最后，画着惨白妆容的小丑和助手从车上走了下来。

"这次你们别想跑！"小丑怒气冲冲地说道，煞白的脸上东一块西一块地挂着红斑，貌似是凝固的鼻血。

"卓也先生，您是逃出来的吗？"

听到创也的疑问，卓也先生摇了摇头："不算吧，我看他们都昏过去了，就来找创也少爷了。"

我估计也是，可小丑嘴上依旧不服软。

"把爱丽丝交出来，否则别怪我不客气！"

听到这句话，卓也先生深深叹了一口气，不耐烦地走上前去。我、创也和正太郎则立刻赶到爱丽丝身边。

这一回，卓也先生并没有脱掉外套，看来他对敌人的水平已经了如指掌。卓也先生往前迈出一步，墨镜男们便后退一步，瑟瑟发抖。

不过，任何团体里都会有莽撞的年轻人。这不，一个二十来岁的小伙子率先发起攻击，举起铁管朝卓也先生扑了过来。

"哈！"小伙子用力将铁管挥了下去。他的叫声与其说是威吓，不如说是惨叫。

卓也先生迅速伸出右手，接住了下落的铁管。铁管碰到卓也先生的右手后，就像被吸铁石牢牢吸住了一样，小伙子无论怎么使劲儿都无法让它松动。

"啊啊啊！"

这下，小伙子确定无疑地发出了惨叫声。铁管被卓也先生夺走后，小伙子一屁股坐在了地上。卓也先生举着铁管在头顶挥舞一圈，然后把它夹在了自己的右腋下。见此情形，墨镜男们畏畏缩缩，谁都不敢再逞能了。

然而……

"咯咯咯……"小丑发出了猖狂的笑声，"我知道你很强。以我们的实力，即使再来几百人——不，哪怕几千人，也赢不了你。"

墨镜男们纷纷点头表示赞同。（他们不觉得丢脸吗？）

"不过，看到这个人，你还下得去手吗？"

小丑举起右手。助手会意，从面包车上带下来一个女人。女人的双手被绑在身后。她化着浓妆，身材微胖，穿着一身时尚的套装，但显得并不合身。

"怎么样？不敢动手了吧？"

卓也先生很迷茫，创也和我也面面相觑。这个女人是谁？

"妈妈！"爱丽丝发出惊叫。她想要跑过去，却被正太郎拦住了。

"乖乖地把爱丽丝交出来吧！"

小丑那副得意扬扬的嘴脸并没有持续太久，他的脸上很快便浮现出一丝惊恐的神色，因为卓也先生正握着铁管缓缓向他逼近。

"你……你没看到我们有人质吗?！"小丑尖叫道。

卓也先生叹了口气。"我先跟你说清楚，"他手持铁管指向小丑，"不管是爱丽丝，还是那个人质，都跟我没有半点儿关系。我的工作就是保护创也少爷的安全，仅此而已。妨碍我工作的，无论是谁，我都会让他好看。"卓也先生冷冷地说道。他的语气平静，但压迫感十足。

"等一下，卓也先生！"创也拦住了卓也先生。

"你忘了吗，创也少爷？能够对我下达命令的，只有龙王集团的高层。"卓也先生保持着进攻的姿势，丝毫没有收手的意思。

"我知道。可您不必跟他们战斗，白白浪费体力。"创也接着说道。

"不必战斗？"卓也先生问道。

"没错，因为我们已经赢了。"创也肯定地说，然后扭头看向我，"对吧？"

我很想点头，但是看现在的局面，我怎么都做不到像创也那么有把握，最后只好模棱两可地笑了笑。

"来，内人，让他们看看这个。"

创也把那张汉堡店的海报递给了我。

我不知道创也的葫芦里卖的什么药，只能在心里大喊："有没有搞错！这个时候给他们看这张海报有什么用啊！"然后硬着头皮打开了海报。

没想到看到这张海报后，小丑和墨镜男们竟然吓了一跳。真是难以置信！比起卓也先生，他们竟然更害怕这张汉堡店的海报？！

"不对，内人，不是给他们看。"创也指了指长椅上的中年男人——不知何时，他已经坐起来了，"是给那个人看。"

什么意思？创也，你到底在干什么啊？给那个遛狗的中年男人看这张海报又有什么用呢？我懒得再细问了，反正按照创也说的做是不会有错的——不对，我看是经常出错！

我举着打开的海报走向那个遛狗的中年男人。他脚边的狗冲着我低吠，但我并不在意。

那个中年男人睁大双眼，用像见了鬼一样的眼神瞪着

那张海报。

随着我一步步逼近，中年男人突然"哇"地大叫出来，赶忙用身体罩住了身旁的篮子。

就在这时……

"咔！"小丑仰头望着天空，高喊一声。墨镜男们像是瞬间被抽干了力气，纷纷瘫倒在了地上。

"怎么样，是我们赢了吧？"创也得意地说道。

"嗯……"

话虽如此，但我们到底是怎么赢的？我完全是丈二和尚摸不着头脑。不仅是我，卓也先生、正太郎和爱丽丝也一脸不解。

创也缓缓走向小丑。

"接下来，我想为疑惑的各位解释一下原委。这部分还需要继续拍摄吗，堀越导演？"

第六场
诡计公园2

"我输了，龙王同学。"

在助手的帮助下，小丑——不，现在应该叫堀越导演了——卸去了惨白的妆容，又架上了往常的那副黑框眼镜。还没来得及换下的小丑服却意外地很适合他。

墨镜男们也纷纷摘下墨镜，开始处理伤口。

原来，他们就是堀越导演麾下的二十六名员工，以A到Z的二十六个英文字母作为代号。爱丽丝的妈妈愧疚地站在一边，爱丽丝则紧紧地抱着妈妈的腿。爱丽丝不在身旁，正太郎形单影只，似乎有些无聊。卓也先生坐在距离我们稍远的秋千上。

我和创也走到堀越导演面前。这时，那个遛狗的中年男人从篮子里取出一架手持摄像机，对准我们开始录制。

"你是什么时候发现的？"堀越导演问创也。

"刚刚在步行街被你的员工们团团围住的时候。当时你们围成一圈，却单单空出一个缺口，我就猜测是特意为摄像机镜头留的。犯罪嫌疑人可不会做这样的事情。"

原来如此。我想起了电视剧里吃饭的场景。

一般来说，一家人一起吃饭的时候，会围着桌子坐在四周。但是在电视剧里，餐桌一定会有一侧空着，以免挡住摄像机镜头。电影《家族游戏》里就是这样，拍摄吃饭场景的时候，演员们都坐在长餐桌的一侧。

可是，我的疑问还有很多。

"我投降！你快解释一下！"

创也似乎很吃惊："你在说什么？刚才你问我《家族游戏》，我还以为你已经知道原委了呢。"

"嗯……我是知道……可是你看，正太郎和爱丽丝，还有卓也先生，不是都很困惑吗？还是跟他们解释一下吧。"

"哦……"创也手抚下巴，若有所思。

那个中年男人可不会放过创也这么帅气的姿势。他转动镜头，寻找拍摄创也侧脸的完美角度。

过了一会儿，创也开口了："也罢，虽然解释起来很麻烦，但我还是从头说吧。"

然后，他伸出手指，指向摄像机，煞有介事地说道："It's a showtime!（真相即将揭晓！）"

说完，创也看向镜头。

"那么，"创也伸出食指，"就让我们从头开始复盘吧……"

听着创也的话，我开始了回忆。一开始是爱丽丝跌倒。当时我们看到了一个拎着外卖箱的男人，以为他是想要绑架爱丽丝的坏人。

"那时我们就忽略了一点，我们当时应该多留意那个'外卖箱'。"

外卖箱？

"如果那个男人想绑架爱丽丝，那他提着一个外卖箱不是很碍事吗？换作是你，去绑架别人时，你会特地带上一个沉重的箱子吗？"

听了创也的话，我摇了摇头。谁会蠢到带那个东西去犯罪！

"对吧？可是那个男人却宁愿用双手一直拎着外卖箱，所以外卖箱才是最重要的线索——他是为了不让手中的外卖箱看起来太突兀，才特地扮成了外卖员的样子。"

这和我想象的完全相反。我以为那个男人是为了让自己的伪装看起来毫无破绽，所以才带上了外卖箱这个道具……

现在，我已经知道那个外卖箱里装的是什么了。

"外卖箱里装着摄像机对不对？"

听了创也的话，堀越导演举起右手，我们在车站见过的那个提着外卖箱的男人一边挠头，一边从面包车里跳了下来。

"创也，我有问题，我有问题！"我举起了手，"那个外卖箱里的摄像机到底在拍什么？"

"堀越导演是电视制作人，'外卖员'拍的当然是节目素材了。"

"节目？什么节目？"

"为了不让爱丽丝和正太郎发现摄像机，堀越导演费尽了心思。由此可见，他们应该正在录制一档真人秀节目，主题大概是'知名儿童模特的周末'之类的吧。"创也说道。

闻言，堀越导演点了点头。

"本来，拍摄进行得非常顺利。但是，内人和我注意到了形迹可疑的外卖员，误以为他想绑架爱丽丝。这时，正常情况下导演应该暂停拍摄，向我和内人说明情况，并让我们配合拍摄才对。不过，堀越导演——"

说到这里，创也突然停顿了一下。再怎么样，他也不可能当着堀越导演本人的面说出"堀越导演可不正常"这种话吧？只听创也干咳了两声，继续说道："堀越导演可是视收视率为生命的优秀导演。"

说得好，蒙混过关了呢。不愧是创也，机智得让人佩服。

"于是，堀越导演决定顺水推舟，将节目主题改为'见义勇为的中学生搭档'。"

堀越导演又点了点头。

"趁着我们在咖啡馆聊天，堀越导演紧急做了些准备，首先就是在电影院安排了那个持刀的男人。"

"我有问题！我有问题！"我又举起了手，"难道堀越导演事先知道我们要去电影院？"

创也点了点头："正太郎手里不是有电影院的优惠券吗？他妈妈给的优惠券。"

"等一下，叔叔！"正太郎插嘴道，"那你的意思是，我妈妈和电视台也是一伙的？"

"没错。你的妈妈和爱丽丝的妈妈就是为了让你们去电影院和咖啡馆，才给了你们那些优惠券。"

"……"

"正太郎，你也说过，爱丽丝的妈妈想让爱丽丝尽可能多上电视，对吧？我想你应该也注意到了。"

听到创也的一番话，爱丽丝的妈妈低下了头。

"而且，正太郎和爱丽丝的行踪一直在大人们的掌控之中。"创也说着，向爱丽丝借来了她一直抱在怀里的白兔玩偶，"恐怕这个玩偶里就装有无线电波发射器。"

我检查了一下。确实，在兔子的尾巴上能隐约摸到一个硬硬的东西。

"我也经常被监视，所以在这方面直觉很灵。"创也瞥了一眼坐在远处秋千上的卓也先生。卓也先生表现出事不关己的样子。

"堀越导演安排人在电影院袭击我们，那个持刀的男人和卓也先生的精彩打斗还引起了影院观众的强烈不满。这一幕非常具有戏剧性。于是，视收视率为生命的堀越导演又临时改变了拍摄方针，在我们遭遇杂耍表演的小丑时，把拍摄中心从墨镜男们绑架爱丽丝转移到了墨镜男们与卓也先生的打斗场面上来。"

"不愧是你啊，龙王同学，居然把我的节目制作方针摸得如此透彻。"

听到堀越导演的夸奖，创也微微点头致谢。

"我也是逃跑时才发现的。如果墨镜男们的目标是爱丽丝，那他们就不会对我们的逃跑视而不见，而是应该立刻追上来。但是，墨镜男们无视了我们，只顾着和卓也先生打斗，这么做也是为了拍出漂亮的武打场景吧？"

我点头如捣蒜。不管怎么说，堀越先生可是以"收视率就是生命"为座右铭的导演。他可以为了手段，不择目的。

"最后一个问题！"我又一次举起手，"为什么堀越导演他们那么害怕汉堡店的宣传海报呢？"我站在创也身旁，再次打开海报。

这时，举着摄像机的中年男人慌乱地叫出了声，连忙把镜头转向一边。

"拍到了也不要紧，后期再加马赛克就行了。"堀越导演叹了口气。

"很简单，因为能够左右民营电视台的不是观众，而是赞助商。"创也说道。

可我还是不明白。

创也举例说明道："比如，汽车制造商 A 公司是某部电视剧的赞助商，那么电视剧里那位帅气主角的爱车自然得是 A 公司的车。Understand？（明白了吗？）"

我点点头。

"那如果……主角被车撞伤，而那辆肇事车正是 A 公司的车，会怎么样？"

我歪着头苦思冥想。这应该不行吧？

"拍摄这种剧情一般会用其他公司的车吧？"

"没错。这种负面剧情有损赞助商的形象，所以绝对不会使用 A 公司的车。同理，节目制作方在制作节目的时候也必须考虑到赞助商的权益。现在你再好好想想，就不难猜出堀越导演他们为什么如此害怕那张海报了吧？"

我又试着打开了海报，结果堀越导演就像吸血鬼看见了十字架，慌忙用手捂住了脸。

原来如此。一开始，因为正太郎有优惠券，我们才打算去优惠券上的那家汉堡店。但那两张优惠券是爱丽丝的妈妈——也就是堀越导演的"同伙"给正太郎的，也就是说……

"优惠券上的那家汉堡店就是这档节目的赞助商。而马路对面那家汉堡店其实是它的竞争对手。节目里不能出现赞助商竞争对手的任何内容，更别说宣传海报了。"

"回答正确。"创也鼓掌道，"当然，如果赞助商比较大度，这点儿小事他们也不会放在心上。但是作为节目制作方，必须万分小心。"

原来，堀越导演做节目时看似非常随性，实际上也没少操心。

"我的解释到此为止，我们也是时候告辞了。"创也向堀越导演说道。

"感谢你们的协助。"堀越导演伸出右手，声音听起来很疲惫。

创也微笑着握了上去。

就在那一瞬间，堀越导演像是突然想起了什么似的，问道："话说回来，你们两位今天出来，原本是要做什么来着？"

"啊，是……"

我眼疾手快，赶紧用手捂住了创也的嘴巴，把他接下来可能要说的"内人是在练习如何邀请美晴同学出来看电影"之类的话全部捂在了手里。

呼……

"我们只是出来走走，放松一下心情。"我装作若无其事地说道。

创也朝我刺来锋利的目光，仿佛在痛骂我胆小如鼠。

他换了一种方式，说："对了，美晴同学今天有什么安排？"

漂亮！多么自然的一句话啊！我心里那个"对创也的尊敬程度计量表"的指针瞬间指向最高点。

"她在家做点心呢。今天天气这么好，我问她要不要出来走走，她却不愿意。"堀越导演的眼睛眯了起来，满脸写着对女儿的疼爱。

"这样啊。那要是有人邀请她去电影院，她会不会很高兴？"创也说着，转过头来朝我眨眨眼。

这个问题问得好，问得好！我心里那个"对创也的尊敬程度计量表"的指针疯狂旋转，恨不得冲出表盘。同时，"我的幸福指数"也飙升到了离地面五十米的高度！

"恐怕不会。"堀越导演摆着右手说道。

啊？

"电影院还是算了，美晴不会去的。"

为什么？

我用颤抖的声音向堀越先生确认道："啊……可是……之前……美晴明明说过她喜欢在大荧幕上看电影的……"

"没错。我在电视台工作，所以经常能收到电影点映会的入场券。她从小就跟着我去看点映，院线电影她基本都提前看过。现在她已经不肯花钱去拥挤的电影院和别人一起看电影了。"

"……"

以前看书的时候，我总会看到"眼前一黑"这个词，原来这种感觉真的存在啊。公园沐浴在阳光下，本该是明亮温暖的，但身处其中的我此刻却觉得周遭漆黑一片。

堀越导演的声音从遥远的天边传来："那我们也该回电视台了。今天你们协助我们拍摄节目，真是帮了大忙。这是二十张至尊豪华堡的优惠券，聊表感谢。再见啦！"

等我回过神来，堀越导演的身影已经消失不见了。

"请问，"我小心翼翼地问创也，"假如被好朋友邀请去看电影，即使是已经看过的电影，也会欣然答应的吧？"

"要不试试？"创也从口袋里拿出手机，开始拨号。

我劈手夺过手机，按下了关机键。"还是下次吧！"我擦了擦汗。

"那些人回去了吗？"

我们回过头，看到卓也先生从秋千上跳了下来，来到我们身后。

"他们还有很多事要忙，比如得把今天拍的素材剪出来，做成节目。"

听了创也的话，卓也先生摇了摇头："还是别忙活了，今天的素材恐怕都不能用。"

"为什么？"

"因为几乎所有镜头里都有创也少爷。你作为龙王集团的继承人，可能早已被有心之人盯上，万万不能这样大张旗鼓地公开名字和长相。"

说着，卓也先生掏出了手机："我会向高层汇报今天发生的事情。他们应该会立即联系日本电视台，要求禁止播出这档节目。"

创也对正在拨号的卓也先生说道："谢谢您，竟然如此关心我的安危。"

面对这句冷嘲热讽，卓也先生一本正经地回答道："这是我的工作。"

创也叹了口气，耸了耸肩膀。

我用目光寻找爱丽丝和正太郎，发现两个人正在开心地荡着秋千。爱丽丝的妈妈站在稍远一点儿的地方。

呼……看到他们俩依然无忧无虑的样子，我不由得松了一口气。

我和创也、卓也先生，还有日本电视台的员工们，一大帮人东奔西跑，折腾了一整天，而处在风暴中心的两个孩子反而很悠闲自在，没有受到任何影响。看着并排坐在秋千上来回摇荡的两个小孩子，我很是羡慕。继续留在这里反而会打扰他们，于是我们决定离开。

我和创也朝着公园的出口走去，卓也先生像影子一样跟在我们身后。

"喂！正太郎！爱丽丝！再见！"我朝着两人大喊道。创也站在我身旁，也向他们挥手告别。

闻声，正太郎突然飞快地朝我们跑了过来。

"这个给你们。"正太郎从口袋里掏出了几张皱巴巴的优惠券，汉堡店的、游戏厅的……应有尽有。

"你们今天好像帮了我们很多……这个是谢礼。"正太郎似乎有点儿害羞。

怎么办？我看向创也。

创也接过优惠券，对正太郎说道："谢谢，那我们就不客气了。"

正太郎开心地竖起右手大拇指："再见啦。有时间我还会去找你们玩的，叔叔！"说完，他又飞快地跑了回去。

"直到最后还是管我们叫'叔叔'。"我说道。

创也什么也没说，只是笑了笑。这时——

"好久不见啊。"

之前出现在公园里的那个大姐姐正站在我们面前——就是那个穿着红色套装，踩着红色漆皮高跟鞋，优雅地吃着粉色棉花糖的女人。

虽然她说"好久不见"，可是我并不认识她啊……

创也怜悯地瞥了我一眼，然后走上前问候道："最近如何，丽亚小姐？"

丽亚小姐？鸢尾丽亚？

"我还特意戴了帽子和墨镜，没想到还是被你认出来了。"大姐姐说着摘下了红色的大帽子和墨镜，原本藏在帽子里的长发在肩上散落开来，我这才认出她是那个探险小说作家鸢尾丽亚。

这是自"游戏之馆"一别后，我们之间久违的再会。

创也说道："有本书里这样写过，'在专家面前出现时，不要穿曾经穿过的鞋子'。"

丽亚从包里拿出醋昆布送进嘴里："虽然这双鞋看起来

像以前穿过的那双，但其实是另一双鞋子哟。我喜欢红色的鞋子，所以买了很多双。"

创也对此不予置评。

"丽亚小姐，您来公园做什么？"我问道。

"当然是采风啦，我在为我的新作品寻找灵感。"

写探险小说却跑到公园来采风，我还是第一次听说这种做法，难道不是应该去原始森林或是无人岛之类的地方吗？

看到我一脸不解的样子，丽亚开口道："我不需要真的去冒险，我又不是探险家！作为创作者，我采风是为了感受冒险般的紧张和刺激。"

"公园里能有什么紧张和刺激？"

听到我的问题，丽亚莞尔一笑。（她的笑容很美，美中不足的是她齿间的醋昆布碎渣……）

"你们小时候也常来公园玩吧？秋千、单杠、攀爬架、沙地……你们玩耍时一定也经历了很多兴奋的瞬间吧？"

听她这么一说，我才发觉还真是这样。这座低矮的攀爬架对小时候的我而言简直就像高耸入云的雪山，那些运动器材就像阳光都射不进的密林……在公园里游玩，对小孩子而言也是一场大冒险。

"我就是想把这种令人心跳加速的感觉写进小说里。"

丽亚冲我们眨了眨眼，然后伸了一个大大的懒腰。

"不过，今天真是有意想不到的大收获，没想到居然碰见了跟栗井荣太夸下海口的两位小同学。我刚才在远处偷听到了一点儿……你们似乎碰上了一些有趣的事情呢。"丽亚的眼睛里写满了好奇，闪闪发亮，"跟姐姐说说？"

"不过是电视台出外景罢了，不值一提。"创也糊弄道。

丽亚拢了拢发丝，说道："哎呀，真是遗憾。虽然我们在游戏制作领域是竞争对手，但我还以为你会愿意支持一下探险小说作家鸢尾丽亚呢。"

虽然她嘴上这么说，我却没感觉她有多遗憾。

"话说回来，你们的 RRPG 进行得怎么样了？"丽亚的红唇动了动，貌似随意地吐出"RRPG"这个词。RRPG——真人角色扮演推理游戏，是超越了桌游和电子游戏的终极游戏，也是创也和栗井荣太共同的目标。

创也叹了口气："您觉得我会说实话吗？"

"诚实是一个小孩最重要的品质哟。"

丽亚和创也两人针锋相对，周末闲适的公园里火花四溅。

不过丽亚率先露出了笑容，语气像一位高傲的女王："是呢，打探对手不是栗井荣太的作风。那让我来给你们透露一些消息吧！朱利叶斯似乎有了新的灵感，近期就能做出样品，敬请期待吧！"

我想起在"游戏之馆"见过的那个金发的日籍白人小学生。我对他的印象用一句话概括就是"讨人厌的家伙"。

"好啦，闲聊时间到此结束，我该回去写稿子了。"丽亚转过身去，留给我们一个背影，"再见啦，小鬼们。"

高跟鞋的嗒嗒声渐行渐远，最后只听见她砰地撕开爆米花包装袋的声音。

我和创也张开嘴巴，吐出长长的一口气。我们这才意识到刚刚自己有多么紧张。

"朱利叶斯的新灵感……"

"……"

创也没有回应我，只是揉揉肩膀，左右活动着脖子。

我接着说道："创也，你就不好奇吗？"

"我先说清楚，"创也伸出了食指，"我之所以想创作出史上最好的游戏，并不是为了打败栗井荣太，而是为了实现我自己的梦想。"

说着，创也又伸出了中指——它和创也的食指一起，形成一个"V"字形。

"我要创作出终极游戏，而这么做的结果才是打败栗井荣太。你不要因果倒置。"

是是是……我放心了。嗯，这才是平时的创也。因为遇到瓶颈而苦恼，可不像他的风格。即便如此，在我看来，他依旧是个不顾后果、莽撞冲动的大笨蛋。

我拍了拍创也的肩膀，说："既然你已经回想起了初心，那么就赶快回城堡，来一杯好喝的红茶吧！当然，你来负责沏茶哟。"

闻言，创也皱起了形状优美的眉毛："我看，忘记了初心的人是你吧？"

啊？我忘记了初心？

"我们今天是为什么去车站，又是为什么去十六号电影院的？"

说到这里，我终于想起来了——是为了邀请堀越美晴看电影而提前演练的。

看着我一副如梦初醒的样子，创也叹了口气："你一定会长命百岁的。"

这是在……夸奖我吧？

创也拿出手帕，擦了擦酒红色的眼镜框："刚刚堀越导演已经说得很明白了，邀请堀越美晴看电影难如登天。我们还是尽快思考下一个方案吧。"

确实如此。也就是说，今天折腾了一整天，完全是白费力气。可是，下一个方案……我绞尽脑汁也想不出。

"总之，我们先回去品尝美味的红茶吧。当然，由我来沏茶。"

居民区的那头，夕阳正缓缓西沉，这温暖的美景似乎也在为我们打气。

第七场
花絮特辑

已经过去了两个星期，我还是没有想到新的方案。

唉……

番外篇

保龄球！
呀呼！

"内藤内人，准备开始！"

我慎重地瞄准目标，掷出篮球。篮球经过天台，朝着楼梯的方向滚落下去。按照以往的经验，最佳路线是让篮球从连接天台的第一级楼梯右侧二十四厘米左右处通过。

成功了！

为了不让篮球跑出视野，我和观众急忙追了上去。篮球从楼梯第二级跳到了第五级，完成了蓄力，接着重重地撞上平台处的墙壁，又弹回了第四级。篮球在这里如果没有垂直撞上灭火器，就无法弹到三楼去。

"你们也在玩 3D 保龄球？"刚来一周的实习老师轻巧地避开了篮球。

还好发现我们的是实习老师，要是其他老师，肯定免不了对我们一顿教育。

篮球在三楼和二楼的墙壁上不断弹跳，滚下楼梯，冲向了一楼。最后，篮球撞到斜立在一楼鞋柜上的画板，改变了方向，以迅雷不及掩耳之势飞出了教学楼。

它的前方正整齐地排列着十个塑料瓶。

啪！塑料瓶被疾驰而来的篮球撞飞了。

"内人的分数是——六分……"负责计分的洋次在笔记本上写下分数。

校广播站的博司背上贴着"主持人"的名牌。他身边坐着棒球部的卓，卓的背上也贴着名牌，写着"解说员"。

"内人刚刚那一球如何？"主持人博司向解说员卓问道。

"嗯……最后撞击画板的角度有些问题，不够利落，算是一个小遗憾吧。"卓故作严肃地回答道。

我把被撞倒的塑料瓶一个一个摆回原位，向洋次问道："真的有人能打出全倒吗？"

"嗯。到目前为止只有三次全倒的成绩。三次都是创也。"

是吗？都是创也啊。我瞥了一眼创也。虽然他表面上云淡风轻，但内心一定很得意吧？那微微张开的鼻孔就是证明。

那么，让我来简单说明一下情况吧。

现在是午休时间，我们正在玩"教学楼 3D 保龄球"。

对于这项运动，每个学校都有自己的名字和规则。在我们学校，这项运动被叫作"教学楼3D保龄球"。没错，从名字中的"3D"就能看出来，我们玩的是立体保龄球。人类都已经进入太空时代了，保龄球竞技当然也要向上延展。

我们学校的这项运动以篮球作为投出的保龄球，投球的起点位于教学楼顶的天台。篮球被投出后，会顺着楼梯快速滚落，最后撞倒摆在教学楼出口前的塑料瓶。击倒了几个瓶子，就得几分。这么描述起来似乎很简单，但实际玩过以后，你才会明白其中的玄妙之处。

对新手而言，仅仅是让篮球听话地滚向楼梯就很难了。就算侥幸过了这一关，篮球大概率也会止步于四楼的灭火器处。况且，再往前一点儿，还有那张斜靠在鞋柜上的画板。哪怕只有1°的误差，篮球也会飞到非常离谱的地方去。根据洋次的记录，能够一次性击倒所有瓶子的只有创也。

"你小子很厉害嘛。"我佩服地说。

"没什么了不起的。"创也嘴上轻描淡写，但鼻孔已经快朝天了，"1加1一定等于2，这不是偶然，而是必然。只要明白这一点，3D保龄球就跟填字游戏没区别了。"

是这样吗？我知道1加1等于2，可是也打不出全倒啊。

大家都听得很认真，但我觉得创也的话还是只听一半比较好。

"那么，接下来就来验证一下我说的话吧。"创也对周围的同学说道。

男生们纷纷掏出笔记本要记下打出全倒的秘诀，女生们则是一副懵懵懂懂的样子。全场唯一冷静的人就是我。

"从结果开始逆推，就能找到出发点了。"创也一面说，一面在排成一排的塑料瓶前跪坐下来，"为了撞倒所有的塑料瓶，球必须从这个角度撞击，而为了做到这一点，就必须让球有一定的旋转和相当快的速度。"

洋次举起了手。（插句题外话，我可从来没有见过洋次在课堂上举手提问。）

"为什么必须让球旋转？"

"为了让球稳定地飞行。"创也冷淡地答道。接着，他开始在地面上做标记："根据球内部的空气量，可以推算出它的斥力。再根据球的斥力推算，它如果没有弹到这里的话，就不会朝着塑料瓶的方向飞。"

大家频频点头……不过，真的有人听懂了吗？

"球能否弹到这个地方，取决于其撞击到画板上的角度。

根据这个角度反推球之前应该撞上墙壁的位置，则范围必须控制在以距离灭火器下方 23 厘米的点为中心、半径为 2 厘米的圆圈内。所以，球路的最佳起点就是第一级楼梯右侧 24 厘米处。"

太好了！我兴奋得握紧了拳头。我设计的最佳路线与创也推算的数据是一致的。

"原来如此，我全明白了！"达夫猛地一拍手，挺起了胸膛，"你这么一说，还真挺简单的！下一个打出全倒的人一定是我！"

我们重新来到天台。最近进入了台风季。为了防雨，楼顶的角落里铺了一层蓝色的帆布。不过布太薄了，只要有一点儿风，它就会上下翻飞。

达夫拿着篮球，摆好了准备姿势。

"去吧！"达夫嘴上气势十足，出球的动作却分外小心。

只见篮球依照计划通过了楼梯的第一级，随后冲向了第四级。接着，篮球撞在灭火器上弹了起来，漂亮地滚下了楼梯。继创也的三次全倒之后，达夫能否打出第四次全倒呢？我们的目光紧紧跟随着那只飞舞的篮球。

那么，让我再次说明一下现在的情况。

现在是午休时间，所以教学楼内和操场上有许多学生。

大家都知道 3D 保龄球这项运动，所以一见到篮球滚来，就会自动让出道路。虽然篮球偶尔会撞到一两个正在发呆的学生而"洗沟[1]"，但大多数情况下，双方只会说几句"啊，好痛！""对不起，对不起！""不不，是因为我在发呆，没注意到"之类的话，以这种相安无事的方式和平收尾。

不过，还有一种比较少见的情况是——

落到一楼的篮球顺利地滚向画板，而我们先一步奔向排列好的塑料瓶。撞到画板上反弹起来的篮球如发射出的炮弹一样飞了起来。

就在这时，突然有一个女孩出现在塑料瓶和篮球之间。

危险！

来不及多想，我的身体已经飞奔了过去。然而，不幸的是，想要出手救人的不止我一个，运动神经不发达的创也竟然也行动了起来。此时我已经奔至球的行动轨迹上伸出了手，正要帅气地打落飞翔的篮球。然而几乎在同一时间，四肢速度跟不上头脑的创也，自己绊了自己一脚。摔倒之前，他下意识伸出的手推在了我的身上。

这也是没办法的事……我真的好无奈……

---

1 保龄球术语，指球被投出后没有击中球瓶，而是滚落到两旁的轨道中。——编者注

我猛地向前一冲，篮球径直拍在了我的左脸上。算了，没有出现其他受害者，已经是不幸中的万幸了。

"哎呀，你在干什么啊，内人?! 我差一点儿就能打出全倒了! "达夫抱怨道。

一旁的洋次则冷冷地宣布："洗沟了。"

"看看我的脸，你难道就没有什么要说的吗? "我把球印还清晰可见的左脸伸到达夫面前。

"搞什么啊，你午睡时拿篮球当枕头了吗? "达夫一脸不可思议。

"好啦好啦，内人，冷静一下。你再怎么责备达夫也没有意义，这只是个不幸的意外事故。"创也一副事不关己的样子。

话必须说清楚。如果刚才你不在，我就能把篮球拦下了! 还不是因为你四肢不协调，我才遭遇了不幸的意外!

我在心里呐喊着，捡起篮球就想朝一脸镇定的创也扔过去。

"请问……你没事吧? "

一个女孩探身过来，脸上写满了关切。她就是我刚刚挺身相救的女孩——隔壁班的绫子同学。此时，她的脸上仿佛蒙上了一层柔光，看起来闪闪发亮——这应该不是我因

为被篮球击中而产生的错觉吧?

我手中的篮球掉落在地。

"啊,没事没事!你没有受伤就好!"我笑得一脸灿烂。

"看看,本人都说没事,那就是没事了。你不用在意。"创也拍了拍绫子的肩。

跟你的账我还没算完呢,创也!

当时,还有一周就是校庆日了。回想起来,这正是那场风波的开端。我们乘着时间线,从"日常"的这一端,缓缓移动到"非日常"的那一端。

不过实话实说,我并不想迈出这一步……

二阶堂卓也
登场!

二阶堂卓也

职　　业：龙王集团特殊任务部总务科主任助理。

　　　　　（实际工作是保护莽撞的中学生创也。）

爱　　好：阅读招聘杂志；研究幼儿保育。

梦　　想：成为一名温柔的幼儿园老师，受到孩子们的喜欢。

座右铭：不管是什么人，都别想妨碍我工作。

23:19 便利店

卓也回公寓时，会路过一家便利店。

那家店的玻璃门上写着"便利店 硬毛刷专卖店"，所以大家都叫它"便利店"。但它与普通的便利店有些区别，卓也在心里管它叫"杂货店"。

在像今天这样漆黑的夜里，只有这家店还发着光，看起来就像个巨大的玻璃水槽。

推门进去，卓也听到老奶奶慵懒的招呼声从收银台后传来。

"欢迎光临……"

这家店是 24 小时营业的。可是无论卓也什么时候进去，店里都是那位老奶奶在收银。

是因为自己每次都是晚上来，所以才总是碰到那位老奶奶吗？

为了解开心中的疑惑，卓也曾在某个休息日的中午走进了这家便利店。

"欢迎光临……"

还是那位老奶奶。

老奶奶身上穿的并不是其他便利店里常见的那种鲜艳的制服，而是一条白色连体围裙。她戴着一副圆圆的眼镜，两侧太阳穴附近各贴着一小片膏药。

若老奶奶只是负责收银，那理货上架和打扫卫生的工作都是谁在什么时候做的呢……

看着满脸疑惑的卓也，老奶奶咧嘴一笑。

再接着想下去，可能会出现一些可怕的猜想，卓也赶紧打断了自己的思绪。

卓也避开老奶奶的目光，向便利店深处走去。他走到杂志架前，拿起一本自己常买的招聘杂志《求职才是天职！》。

今天还是月刊《幼儿保育技术》和《保育员之友》上新的日子。如今，大型书店几乎已经不再售卖这两种杂志了，这里却还有。这也是卓也经常来这家便利店的原因之一。

卓也拿着 3 本杂志，放到了收银台上。

老奶奶拨起手边的算盘："1630 日元。"

卓也分毫不差地付了钱。

"谢谢光临……"

老奶奶呵呵地笑着，卓也也报以微笑。每个月都能买到期待已久的《幼儿保育技术》和《保育员之友》，卓也感到心满意足。

23:52 公园

　　得到老奶奶的同意后，卓也走出便利店，将车暂时留在了店门口的停车场。他怀里抱着一个纸袋，里面是心爱的杂志。正好便利店旁边有个小型儿童公园，卓也打算在那里读一会儿杂志的卷首专题。

　　深夜的儿童公园里没有孩子玩耍，这让卓也深感遗憾。他坐在长椅上，借着路灯的光芒，翻开杂志开始阅读。

　　《幼儿保育技术》这个月的卷首专题是"安全教育"，卓也一翻开杂志封面，"保护儿童的安全是保育工作的基础"这行标题就瞬间跃入他的眼帘。

　　"原来如此……"

　　卓也认真阅读起这篇文章，目光逐渐变得犀利。此时如果有哪个不良青年看到他，恐怕会吓得拔腿就跑。

　　保护儿童的安全是保育工作的基础——卓也将这句话深深地刻进心里。

　　是啊，一定要教会孩子爱护自己和他人。卓也觉得自己的内心又柔软了一些。这个月的卷首专题真让人受益匪浅！

卓也读得越发认真，目光也越发锐利。此时如果有哪个哭闹的小孩看到他，大概会立刻噤声收泪，并挤出笑容。

卓也站起身，闭上眼睛。

"我现在就是一名幼儿园老师，年轻又充满活力。"卓也对自己说。

他睁开双眼，此刻映入眼帘的不再是夜晚空无一人的公园，而是洒满阳光的幼儿园运动场，有许多孩子正在快乐地奔跑。

"来，跟老师一起玩吧！"卓也对着将来可能会遇到的孩子们说道。

嗒嗒！嗒嗒！嗒嗒！

一阵脚步声有节奏地由远及近。

这是一个身着灰色运动服的年轻人。他偶尔停下脚步，左右手交替挥拳。原来他在长跑，偶尔停下来练习拳击动作。

突然，年轻人的右直拳在空中顿住了。

前方是个什么景象？

只见一名身穿黑色西服的高挑男子正绕着儿童公园的滑

梯兴奋地奔跑着。

那不是我的邻居卓也先生吗？

"卓也先生？"年轻人试探性地喊道。

卓也的动作停滞了一下，满脸的笑容像是被突然戴上的面具遮住了一般消失无踪，卓也瞬间恢复了面无表情的样子。

"哦，原来是矢吹啊。"卓也说道，那语气就像个玩得正开心时突然被抢走玩具的孩子，"这么晚了，你在做什么？"

"我在练习长跑，拳击手的职业考试快到了。"说着，矢吹又朝着空气挥了几拳，夜晚静谧的空气被他这几拳头哗地劈开。

"想成为职业拳击手，也不容易。"

"谁叫我就喜欢这个呢。"矢吹轻轻地笑了笑，停下了练习的动作，"您呢，在这里做什么？"

"做空保育训练。"

"空保育训练？"

矢吹不明所以地歪了歪头。

卓也解释道："和你们的空击训练[1]一样。想象着小朋友就在我面前，模拟练习保育工作，我把这个叫'空保育

---

1 拳击运动的一种训练方式。练习时不需要器械，直接对空气进行击打。——编者注

训练'。"卓也看起来很得意。

矢吹听完，认为还是不要继续和卓也交谈下去比较好。

然而这时，卓也像是突然灵光一现，拍手道："啊，对了，既然你要练拳击，两个人总比一个人强，我来做你的练习对象吧！"

练习对象？

矢吹很震惊，自己怎么说也是半个职业拳击手啊，卓也先生能行吗？

"当然了，你也要做我的'空保育训练'的练习对象。"卓也继续说道。

"空保育训练"的练习对象？

矢吹被再次震惊到了，心想果然不该继续交谈下去。

卓也完全没有察觉到矢吹神情和心态上的变化，自顾自地说了下去："那么，拳击和空保育训练先来哪个呢……不如我们猜拳决定吧？"说着，卓也面无表情地握紧了拳头。

不等矢吹回答，卓也接着喊道："剪刀、石头、布！"

矢吹紧盯着卓也的右手。他对自己的动态视力相当有自信，连飞舞的苍蝇扇动翅膀的动作，他都能看得清。

他看到卓也先生在出手的瞬间仍保持着握拳的姿势。

看来是"石头"，那我出"布"就赢了。矢吹心想。

然而——

结果是矢吹出了"布"，卓也出的却是"剪刀"。

"啊，是我赢了呢。那么，我们就先做'空保育训练'吧。"卓也背对着矢吹，走向了滑梯。

矢吹难以置信地看着自己的手：怎么会输呢？我明明看得清清楚楚，一直到最后一刻他都紧紧握着拳，所以我才出了"布"。可是，卓也先生最后竟然出的是"剪刀"……

矢吹不由得打了个寒战。

难不成，他看到了我的"布"，才瞬间改成了"剪刀"？那他的动态视力和反应速度岂不是比我这个拳击手还要更胜一筹？矢吹的肩膀颓丧地垂了下来。

可能只是凑巧吧……

"喂，矢吹！快过来啊！"卓也站在滑梯旁挥着手。

"我应该做什么呢？"矢吹说着就要爬上滑梯。

"稍等一下哟！"卓也尖细的声音吓了矢吹一跳，"老师还没有做安全检查呢！"

卓也回想起自己在《幼儿保育技术》里读过的要点：滑

梯深受孩子们的喜爱，但也存在一定的危险性，因此在使用前必须先进行一些检查。

"第一，尽头的沙地是否有坑洞？沙地硬不硬？"卓也边背诵自己学到的要点，边做起了检查。

矢吹战战兢兢地问道："请问……'尽头'是什么？"

"与滑梯底部连接着的地面。这个地方如果有坑洞或者偏硬的话，很容易造成孩子腿骨骨折或是腰部损伤。"

卓也抚摸着滑梯表面，继续说道："第二，在夏季等光照强烈的季节，滑梯表面过热，可能会烫伤孩子。因此，必须先用手触摸滑梯表面，确认表面温度之后，再让孩子们使用。"

"第三，滑梯表面不能有水。过湿的滑梯会增加孩子下滑的速度，导致危险情况发生。"卓也说着翻开手掌，上面没有露水。

说完这三点，卓也的脸上终于露出了微笑。

"那我开始滑了。"矢吹的双手搭上滑梯侧面的梯子，准备往上爬。

可卓也再次拦住了他："还不可以……"卓也严肃的目光就像两柄利剑。矢吹被他紧紧盯着，一动也不敢动。

卓也麻利地检查起矢吹的衣服："第四，玩滑梯时，孩子身上不可以携带绳子、背包等容易挂住的东西。"

说完这句话，卓也微微一笑。矢吹静静地等待着，脸颊上冷汗直流。

终于，卓也愉快地说道："来吧，孩子们，和老师一起滑滑梯吧！"

听到这句话，矢吹瞬间失去了所有的力气——卓也的这一通折腾，比他自己做过的任何训练都要累人。

就这样，直到所有的玩具都一一经历了安全检查和矢吹的试玩，"空保育训练"才终于告一段落。此刻矢吹已经成了霜打的茄子，累得筋疲力尽。幼儿保育，居然如此深奥……

"谢谢你，矢吹。接下来该进行拳击练习了。"卓也摆出架势。

看着卓也先生的姿势，矢吹叹了口气，问："您之前打过拳击吗？"

"没有。我讨厌打架。"

果然……看到卓也的姿势，矢吹已有预料。卓也只是凭直觉把拳头摆在身前，看上去就是一个门外汉。

矢吹又叹了一口气。

"请您把左脚伸出来，两脚距离差不多与肩同宽。右脚打开45°，向后挪动半步。右脚脚后跟抬起5厘米左右，将全身重量平均地分布在两只脚的大脚趾根部。双膝微屈，右脚脚后跟别落地。"

"嗯，做得不错。"看着卓也的脚，矢吹满意地点点头。

"上半身微微向前倾斜一点儿，但头部要正对对手。下巴往后收。左手手腕放在脸前方，手肘呈90°弯曲。右手握拳，放在下巴前方，记住要瞄准对手的下巴。两手握拳后，手背向外。手肘夹紧腋下。"

"是这样吗？"卓也按照矢吹的指示摆好了架势。

矢吹满意地点点头："嗯，非常好。"

说着，矢吹自己也摆好了姿势："好，请您保持这个姿势，出拳试试。"

"随便打吗？"卓也问道。

"嗯，我只会躲开，不会还手的。"矢吹轻松地答道。门外汉的拳头没什么好怕的。

可下一秒，矢吹就听到一阵呼啸的风声从右耳边传来。他瞬间汗毛直竖，开始控制不住地冒汗。

刚才那个……是什么？左刺拳？速度实在是太快了，根本反应不过来……

"可惜，应该再向右一点儿。"卓也低声自言自语道。

矢吹愣愣地看着对面的卓也。他曾经以为，对方只不过是普通的上班族，现在看来，这个想法太天真了。普通的上班族怎么会大半夜跑到公园做什么"空保育训练"呢？！

此刻，矢吹的震惊逐渐变成了后悔，早知道就不该答应跟他一起练习……

"那么，我继续喽。"

"等……等……"矢吹还没来得及说完，沙包大的拳头已经朝着他的脸呼啸而来。矢吹只有闭上嘴巴，全神贯注，才能勉强躲开。

卓也的刺拳如同加特林炮弹一般攻了过来，矢吹拼命左右闪躲。

数秒后，矢吹的眼睛逐渐跟上了卓也的攻击速度，他也得到片刻的喘息时间。但此时的他忽然想到了一件可怕的事。

如果卓也打的不是刺拳，而是左勾拳、右勾拳，或是上勾拳的话……

矢吹盯着卓也。非常轻，几乎轻到看不见的程度，但卓

也确实露出了一个微笑。接着，矢吹感觉到卓也的拳头画了个圈，从左边迅速飞来。

完了！就在矢吹这么想的一瞬间——

"啊——啊——啊——我受够啦——啊——啊——"

一阵怪异的铃声响了起来。卓也的拳头在距离矢吹太阳穴几厘米处停下了。矢吹瞬间全身瘫软，跌坐在地。

卓也背过身去，接起了电话：

"喂，我是二阶堂卓也。"

"你的来电铃声太没品位了，就不能换一个吗？"

电话那头是卓也的上司——龙王集团特殊任务部总务科主任黑川先生。

"您是怎么知道我的来电铃声的？"卓也冷冷地问道。

"这个问题不重要。我有工作上的事要说……"

就在这时，马路那边传来了警笛声。从声音判断，来了不止一辆警车，至少有三辆……四辆……

"A银行的运钞车被抢劫了。警卫员看到了嫌疑犯的长相，但不幸受伤入院了。警方已经拉起了警戒线，但目前还没抓到嫌疑犯。"

"这件事跟我的工作有什么关系？"

卓也的工作是保护龙王创也的安全，运钞车被抢劫的案子跟他应该没什么关系……

"创也少爷的学校也在警戒范围内，嫌疑犯可能会接触到创也少爷。"

原来如此……这样的话……

"高层发出命令，启动C级警戒。保镖必须贴身行动，时刻保护创也少爷的安全。"

"可明天我休假。我已经连续工作很久了。"

"我知道。这一点我也跟高层汇报了，我说：'二阶堂节假日也一直在加班。现在的他就连看场表演放松一下的时间都没有。'"

"黑川主任……"

卓也微微有些感动。平日里，卓也和这个上司算是话不投机半句多，但没想到他今天这么善解人意。

"不要在意高层说什么。你需要好好休息。"

"谢谢主任。"

"那明天下午3点来中央剧场吧。我请你看宝塚歌剧团的特别演出，看完了还能一起吃个饭。"

"啊……您说什么？"

"我刚刚不是说你连看表演放松一下的时间都没有吗？为了你，我还特地去买了宝塚歌剧团的特别演出门票。像我这种好上司，可是打着灯笼也找不到。"

"这是命令吗？"

"怎么可能？这只不过是心系下属的上司发出的私人邀约罢了。"

"好的，我愿意听从高层的指示，放弃休假，保护创也少爷。"

电话那头传来了啧啧啧的咂嘴声。

"不过，只是 C 级警戒而已，不必太担心吧。况且，嫌疑犯刚抢劫了运钞车就被警察追捕，想来也不怎么聪明。警察既然已经布下了天罗地网，应该很快就能抓到人吧。"卓也轻松地说。

"头脑组织也参与进来了。"黑川低声说道。

"什么……如果真是他们，怎么会闹到让警察出动的地步，甚至还拉起了警戒线？"卓也尽量让自己的声音保持镇定。

"就比如一台电脑，如果使用它的人水平不够，那么它就算性能再好，也不过是个摆设罢了。"黑川回答。

头脑组织——一个充满了谜团的组织，没人知道他们的正式名称是什么。"头脑组织"不过是龙王集团对他们的称呼。

这个组织专门负责替人策划行动方案，小到商业街年末的商战，大到企业收购。传闻，由他们经手策划的方案多数都涉嫌违法。不过这一点暂时还无法证实，因为他们从来不会留下证据。

"头脑组织这次算是马失前蹄了。不好好筛选客户，就会是这种下场。"

"在挑选客户方面，他们并没有失误。听说是有个小混混袭击了客户，并抢走了策划案。这次抢劫运钞车的就是那个小混混。"

原来如此……卓也明白了。如果是性格鲁莽的小混混，那行动失败也是可以理解的。

"头脑组织向来认为自己的策划案是艺术品。看到自己创作出的艺术品被玷污，他们恐怕不会坐视不理。"

"……"

"他们会用尽一切办法，抢在警察之前消灭这个小混混。所以，我们必须保护好创也少爷，让他远离这次风波。"

"……"

"我再强调一遍，此次警戒级别是 C 级。如果任务能够顺利完成——"

"那么……？"

"宝塚歌剧团的特别演出门票就当作给你的奖励。"

卓也立即挂断电话，按下关机键，然后深深地叹了一口气……

他环视这座夜晚的公园……没有孩子们的欢声笑语，这里只剩下漆黑和寂静，以及时不时掺杂着几声警笛声的虫鸣。

卓也明白，这就是自己的生活。

瘫坐在地上的矢吹站了起来。

"卓也先生……"他问道，"您到底是什么人？"

"梦想着成为幼儿园老师，却无法违抗上司命令的普通上班族罢了。"

卓也叹着气说道。

校庆日任务

第一场
校庆日前的黄昏 日常

　　这里是放学后的操场。我靠在银杏树上，脑海中有无数思绪在翻涌。

　　空中，几架直升机接连飞过。昨晚一直都有直升机飞来飞去，嗡嗡声吵得人心烦意乱。但现在，这恼人的噪声已经入不了我的耳朵了。

　　哦，在此之前，我想我有必要说明一下，明明大家都在忙着为校庆日做准备，为什么我却出现在这里。

　　我是被一个女生叫出来的。没错，就是一周前，我飞身挡球救下的那个女生绫子。

　　午休时间，我正靠在楼梯上打盹儿，绫子走了过来。

　　"我有事想拜托你。放学后，请你在银杏树下等我。"绫子说话时，及肩的长发轻柔地摇曳着。

　　虽然我睡得迷迷糊糊的，但"放学后"和"银杏树"两个词牢牢地刻在了我的脑海里，还有绫子那像猫一样圆圆的瞳孔。

这，就是我现在站在这里的原因。

"你要去哪里啊，内人？"

"马上就是校庆日了，没时间闲逛了！"

"临阵逃脱者，杀无赦！"

"你在计划什么？叛徒！"

同学们的抱怨声像炮弹一样向我袭来。不过，我现在可没空理会他们。此刻我的脑海中正一遍又一遍地预演着接下来的场景。绫子来了以后，我要说些什么呢？

我在心里默默猜想着她约我出来的理由。毕竟，我可是像英雄一样挺身而出，挡住那飞驰的篮球，潇洒地救下了她啊！现在她把我约出来，难免让我有些期待……但我要说些什么呢？这种事情真是令人头疼啊……

就在我胡思乱想之际，绫子小跑着过来了。她边跑边冲我挥手，长发随风飘舞，这场景简直就像电影。回过神来，我发现自己正在满脸堆笑地挥手回应她。

她在我的面前停住，俯下身调整着呼吸，好半天没说话。等待她开口的同时，我又开始在脑海里排练起来。

她会说什么呢？"谢谢你那天救了我，你真帅"，还是"周末要不要一起去看电影"？

　　我又等了一会儿，她还是没有开口。于是我继续排练。我要这么回复她："帮助同学是我应该做的！""好啊，那就去十六号电影院吧！"

　　可她仍然什么都没说。

　　我忍不住先开口了："你跑过来，一定渴了吧？要不要一起去汉堡店坐坐？"

　　听到我的话，她抬起头，露出了无敌可爱的笑脸。

　　于是，我们往汉堡店走去。有段时间，街上的汉堡店都挂着"工作日半价"或者"每天半价"的海报，如今都撤了个干净。

我们选了一家汉堡店坐下来，绫子依旧保持着沉默，我便替她点了一份至尊豪华堡，为自己点了小杯可乐。至尊豪华堡比以前贵了50日元。

"谢谢你之前救了我。"吃下半个至尊豪华堡后，绫子终于开口了。

我什么都没有说，静静地微笑着。

"那个时候我就想，你真可靠。朋友们也都说，内人同学是个可靠的人。"

"哦，是吗？我自己都不知道，原来大家是这么看我的啊……"

我挠挠头，努力换上一种看起来很靠得住的表情。可绫子却问我："你是想打喷嚏吗？"

我又换回了平时的表情。

"你在班里一定有很多朋友吧？"

"算是吧，同学们都对我很好。最近大家在忙校庆日的筹备工作，可刚才我一说有事要出去，他们立刻爽快地同意了，还把我送了出来。"

说完，我站起来走到收银台前，然后用绫子也能听到的音量大声说道："打包 30 个至尊豪华堡！"

还好我手里有堀越导演送的 20 张至尊豪华堡的优惠券，再加上之前攒下的零花钱，现在刚好够买 30 个至尊豪华堡！

下完单，我回到座位上，对绫子说道："我想着给同学们带点儿东西回去，慰劳一下他们。"

绫子看向我的目光瞬间充满了感动和尊敬。

"那……你和达夫同学的关系是不是也很好？"

"嗯。"我点点头。

达夫也是我的同班同学，他很喜欢一个叫"Sunbaiz"的摇滚乐团。这次校庆日，他带头组建了一个叫"Nanbaiz"的乐队，张罗着要上台表演。说起来，他还拉了创也入伙呢……

"不知道达夫同学是怎么看我的……"绫子自言自语般轻声说着。

就在这一刻，我突然感到气氛发生了微妙的变化。（用皮肤去感受风吹来的方向吧——从小，奶奶就这么对我说。）

"那个……你听他提起过我吗？"

"……"

没有。但我觉得这个答案会伤害到她，所以不知该怎么回答。

就在我陷入沉思的时候，绫子又轻声说道："其实校庆日的第二天就是我要转学的日子了。"

"……"

"所以，你能帮我把达夫同学的舞台表演录下来吗？"

绫子从包里取出一台小型数码相机，看上去是今年1月发售的新型号。为了买下这台相机，她肯定攒了很久的钱，甚至还得搭上今年的压岁钱……（我恨自己这么有想象力。）

"为什么找我帮忙？"

"因为学校不允许学生带相机，但是我觉得你一定有办法。"

事到如今，我终于回想起午休我打盹儿时，她说的并不是"我有话要对你说"，而是"我有事想拜托你"。类似的事情似乎以前也发生过。

我心一横，问道："是谁跟你说我很可靠的？"

"是你们班的美晴同学。她说你不仅请她吃了至尊豪华堡，还答应给她帮忙。她说得一点儿没错呢。"绫子莞尔一笑。

我脸上的笑容是不是已经僵住了？我期待的剧情完全没有发生，反倒是似曾相识的悲剧再次降临了。我想了一遍又一遍，到底该怎么答复她呢？

想到她即将转学，我还是拿起了那台相机。

"有说明书吗？我差不多会用，但为了拍摄效果，还是想先看看说明书。"

就在这时，汉堡店的营业员姐姐走了过来，说："久等啦。30 个至尊豪华堡！"

看到她手里那 3 个巨大的塑料袋，我小心翼翼地问道："这些……可以退吗？"

"不行哟，小朋友。"

"那至少可以换成普通汉堡吧？"

"也不行哟，小朋友。"

姐姐笑容灿烂地回答道。

第二场
校庆日前夜　日常→非日常

绫子赴约前已经忙完了自己负责的那部分校庆日的筹备工作，打算直接回家。所以从汉堡店出来以后，她就向我告别了。

"需要我送你回去吗？听说昨晚那个抢银行的嫌疑犯还在流窜，外面很危险。"

听到我的话，绫子轻轻摇了摇头："没事的。街上有那么多巡警，比平时还要安全呢。你还是快点儿回学校，把汉堡带给同学们吧，他们还在等你。"

于是，我独自往学校走去。装满汉堡的塑料袋分外沉重，我只能两手一起拎着。然而，比汉堡更沉重的，是我的心情和脚步。唯一轻飘飘的，是我的钱包。

唉，是我不好，我不该得意忘形，不该自作多情。我必须反省自己。振作起来，内人！因为这点儿小事闷闷不乐，像什么样子！拿出男子汉的气概来，迎着太阳昂首挺胸！

我抬头寻找太阳。可是，太阳早就消失在了西边的建筑后面。天空隐没在暮色里，启明星已经闪烁起光芒。

我要重整旗鼓！没错，现在我需要的，是男人的友情！

我的眼前浮现出同学们的脸庞。即使我不在，他们也在拼命地为校庆日做着准备。等着我，同学们！我现在就把至尊豪华堡送到你们手中！

我朝着学校的方向奔跑起来，脚步也愈发轻快。

一位巡警叔叔正在校门口巡逻。为了保护我们，他已经在这里站了一天。

我冲他敬了一个礼，走进了校园。

"不好意思，我回来晚啦。不过，为了慰劳大家，我带了好吃的东西回来！"

本以为我会因此受到大家的热烈欢迎……

"你到底去干什么了啊，内人？"

"你看看现在几点了！"

"还有 15 个小时，校庆日就要开始了！"

"你能不能自觉一点儿啊？自觉一点儿！"

"真应该拉你去市中心游街，再把你钉到耻辱柱上！"

没想到，回应我的不是热烈的欢迎，而是愤怒的热浪。

"咦，有吃的？那我们就不客气了！"众人从呆若木鸡的我手中抢过那三大袋至尊豪华堡，迅速分发起来。

"内人，谢谢你。"几个女生微笑着冲我说道。对于此时的我来说，她们的话不亚于救命稻草。

"不过，知道带吃的回来，也算内人有良心啦。"达夫一边大口吃着汉堡，一边说。

说起来，都是你小子的错……

我劈手从达夫手中夺过汉堡，塞进自己的嘴里。

"啊——！你在干什么啊？"

"你好吵！"

达夫还想抱怨，却迫于我的威势闭上了嘴。我背过身去，不让他看到我眼角的泪珠。

"你总是这样，自讨苦吃。"创也冷不丁地说道。他正往墙上贴海报，头上那条毛巾跟他的气质很不相符。

我停下钉胶合板的动作，看着创也："为什么这么说？"

"很简单，看你的行为就知道了。"创也不耐烦地解释道，"现在全班都在忙着准备明天的校庆日。你虽然不是什么责任心很强的家伙，但也绝不会趁机溜走去偷懒。那么你今天扔下工作，跑出去的原因是什么呢？多半是有女孩约你。"

好敏锐的观察力！

"你和她去了汉堡店，还买了这么多至尊豪华堡带回来。看得出来，你应该是想在她面前耍帅。"

创也，你是不是偷偷跟踪我？

"恐怕你是想通过给班级同学买慰问品的方式来提升自己在她心目中的形象。但这一招失败了——一如既往。"

"'一如既往'是什么意思？"

"抱歉，我多嘴了。"

虽然创也嘴上说着抱歉，我却丝毫没有感受到他道歉的诚意——一如既往。

"总之，你的确失败了吧？"

"你怎么知道？"

"如果成功了，你带汉堡回来时就不会这么愁眉苦脸的。更何况你还总是偷瞄堀越，然后叹气。你这个样子，是因为你刚刚兴冲冲地、别有用心地去见了其他女生，你有罪恶感。"

"……"

"以上，阐述完毕。你有什么要反驳的，尽管说来听听。"

我沉默着举起双手，示意投降。跟创也斗嘴是没有胜算的，我还是老老实实地干活儿吧。

我们班打算在校庆日的时候开一间饮品店，并取名为"二年五班饮品店"。虽然男生们大多数持反对意见，但最终还是败给了女生们。（事先说明，我们绝对不是被女生们"开饮品店的话，一定能见到很多外校的女生吧""男生系围裙好帅气"之类的话蛊惑了！）

菜单上主要是红茶，于是有人提议让创也来做顾问。

一开始，创也以"自己不合适"为由坚决拒绝了。可班里同学，尤其是女生们纷纷说："龙王同学，你不是红茶专家吗？这项工作没人比你更适合！"

创也做了一番"怎么会没人比我更适合？肯定有吧"的合理质疑，但最终没能赢过"我说没有就是没有"这样不合理的反驳。

"能让我稍微考虑一下吗？"

这场舌战的结果，是创也妥协了。

"真是奇怪啊，"只有我们两个在城堡里时，创也感叹道，"为什么大家都说我是红茶专家？"

我翻开杂志挡住脸，避开他的目光："因为你是百事通，大家觉得你对红茶有研究也很正常吧。"

我清楚地知道，创也肯定正隔着杂志用犀利的目光盯着我。

"不，我认为应该是有个多嘴的家伙，在班里散布'龙王创也很懂红茶'的消息，试图拉我下水。"

没错，那个多嘴的家伙正躲在杂志的阴影里擦冷汗。

创也叹了口气："遇到这种集体活动，我都想尽量当个旁观者，这一点你是知道的吧？"

没错，创也的梦想是成为世界第一的游戏开发者。为此，他总是冷静地观察人的行为，寻找规律，解析人性。"如果深陷其中，就会当局者迷，所以我更愿意保持距离。"这就是创也的想法。

"所以，你为什么还要拉我下水？"

我挠挠头，思考该怎么回答。"你的游戏开发不是遇到瓶颈了吗？所以我想让你也参与进来，和大家一起热闹热闹，就当转换心情……"

听了我的话，创也显得有些苦恼。

糟糕，我是不是伤到他的自尊心了……

"我当然知道你并不需要我的帮助。但是和大家一起做点儿别的事情，你兴许能想出一些做游戏的好点子呢！"

创也的目光很犀利。半晌，他自暴自弃般地说道："看来我也落魄了，竟然轮到你来关心我的精神状态……"

唉，他果然还是生气了……

"我自己也有类似的想法，所以才会加入 Nanbaiz 乐队。"

我就说创也怎么可能同意加入什么乐队，原来如此。不愧是创也，我能想到的事，他不仅能想到，还认真地付诸了行动。

创也转过身去，背对着我，说："不过，看在你这么关心我的分儿上……谢谢你。"

最后三个字，他说得很轻。

嗯？谢谢你？这三个字，应该是感谢我的意思吧？我想向创也确认，但为时已晚。因为他再回过头来时，目光已经变得十分凌厉，显然现在并不适合提问。

"算了，事已至此，那我就来做这个'红茶总监'吧。"

嗯，不管动机如何，只要他肯帮忙就行。不过……

"'红茶总监'是什么？"我问道。

"就是拥有红茶相关专业知识和技能的专家。"

是是是……听完这句解释，我明白了，说来说去，创也还是很喜欢这项工作的。（下次，就给他做一个"红茶总监"的名牌吧！）

"不过呢，"创也突然伸出手指向我，"既然是求我帮忙，那我可要贯彻自己的想法了。"

迫于创也强大的气场，我只能颤抖着点头。

创也也是言出必行，很快就有模有样地指挥起来。

"菜单就按照英国传统的下午茶来设计吧，"一个筹备日，创也站在教室中间说道，"茶点就以司康蛋糕和三明治为主。不过，我们面向的是日本的客人，我认为有必要在套餐中加入一些本国的茶点。"

女生们听了，立刻按照创也的指挥，开始试做司康蛋糕、三明治和日式点心。

"红茶和芝士的组合也不错。"听着创也的话，女生们的眼神里写满了崇拜。

至于男生呢，有相当一部分人跟不上创也时不时蹦出来的新鲜词汇。（很不幸，我也是其中一员。）

"既然创也可以提意见，那我们是不是也可以？"有人开口了，"什么茶点不茶点的，不就是配茶的小零食吗？"

"说到小零食，除了炸年糕和仙贝，还得有酱菜。我爷爷是这么说的。"

"啊，我家就是卖酱菜的！"野崎酱菜店的独生子——野崎龙之介举起了手。事态开始朝着意想不到的方向发展了。

距离校庆日还有三天的时候，各色茶点的样品出炉了。桌子上摆着三明治、芝士蛋糕、甜甜圈、巧克力曲奇饼干、司康蛋糕、玛芬蛋糕……

我尝了一块表面坑坑洼洼的薄仙贝："太甜了，这个薄仙贝！"

创也立刻瞪向我："那是'Langue de chat'！不是薄仙贝！"

"叫得这么复杂，客人也看不懂，还不如写成小孩子都能看懂的'薄仙贝'。"

我身后和我一样听不懂创也的新鲜词汇的男生们听了，不禁为我的精彩发言鼓起了掌。

"嗯，你的话也有一定的道理。不如写成'猫舌饼干'吧。"

"为什么是'猫舌饼干'？"

"'Langue de chat'是法语，翻译过来就是'猫的舌头'的意思。"创也向我们解释道，同时不忘展示他漂亮的发音。

听不懂法语的我诚实地发表了自己的感想："可是这样写的话，舌头怕烫的人就不会点了。"

"跟'猫舌[1]'没关系！只是形状像而已！"

说这句话时，创也已经十分不悦，看了我们准备的茶点，他的语气更是接近愤怒："这些，是什么?!"

"酱菜啊。顺便说一句，赞助商是'野崎酱菜店'。"野崎龙之介得意地解释道，"有阿苏地区的腌芥菜、纪州地区的青梅干、信州地区的酱青菜……"

"停！"创也啃着飞驒市的腌红萝卜，忍不住打断道。他的眼睛里似乎燃烧着熊熊怒火——应该是我的错觉吧?

"我由衷感谢各位的帮助。我承诺，我会为这些酱菜准备绿茶和海带茶。"

---

1 日语里会用"猫舌"来形容舌头怕烫的人。——译者注

"不是……我们可是把酱菜当作红茶的茶点准备的……"龙之介说道。

创也敷衍地点了点头："让我更正一下刚才的话，感谢你们收集了这么多罕见的茶点。"

听到这儿，那群听不懂新鲜词汇的男生（很不幸，我仍是其中一员）爆发出一阵欢呼。

没想到创也接着说道："那么，请不要再插手菜单的事情了，可以吗？"

这句话比呼啸在南极上空的暴风雪还要冰冷，我们的微笑凝固在脸上，只能点头同意。

饮品店的菜单终于完成了。看看这张菜单，饮品有"红茶""奶茶""香草茶""水果茶"，还有角落里的"绿茶"和"海带茶"；茶点则有五彩斑斓而醒目的"司康"和"三明治"，当然，用毛笔写的"纪州青梅干"和"信州酱青菜"也不落下风。

我和创也从城堡拿来茶漏和茶壶保温套。创也捡来的开水壶和茶杯实在是拿不出手，于是由其他人从家里带来，其中有些看上去还像是闲置已久的高级茶具。

本以为万事俱备，谁知道我们竟然出现了一个重大失误——光顾着准备菜单和茶水、茶点，我们竟把教室的装饰忘得一干二净。等我们注意到的时候，已经是昨天了，也就是校庆日的前两天。

　　我们赶紧手忙脚乱地开始装饰教室。

　　"不过，话说回来，"正在制作店铺招牌的达夫说道，"饮品店里卖纪州青梅干和海带茶……不奇怪吗？"

　　"别挑毛病了，菜单早就定好了呀！"美术部的平山大声吼道，"光是做纸质菜单就花了很长时间，更别提我还有美术部那边的活儿，忙得不得了！美术部的展区到现在还没完成，学长已经冲我发了很多次脾气了！"

　　平山那积累了许久的不满，在此刻终于爆发了。

　　"我也有 Nanbaiz 的排练啊！我也很忙，你凭什么吼我！"

　　看来达夫也很生气。就在双方剑拔弩张的时候——

　　"哎呀，这小店装扮得真是不错啊。"教室门口传来一个轻快的声音。

　　我们纷纷转过头去，看到那里站着一位女士。

　　"真好啊。看到这场景，我不由得回忆起了自己的中学

时代呢。"

那位女士身穿藏青色西装，留着一头短发，浑身上下都散发着活力。她胸前佩戴的名牌上写着"筱原"二字。

大约在两周前，我们学校一下子来了40多位实习老师。学校怕我们分不清谁是谁，所以让正式老师和实习老师都戴上了名牌。

老实说，这些名牌真是帮了大忙。我们学校的老师太多了，我只认识本班的老师和社团顾问老师，至于其他老师，我完全对不上号。不只是我，其他同学也这样。我想正好可以趁着这个机会，尽量多认识一些老师。

筱原老师迈着轻盈的步伐走进了教室。

"筱原老师也来帮帮我们嘛。"卓撒娇道。

"我也很想帮大家，"筱原老师笑得眼睛眯成了一条缝，"但是，实习老师也很忙的！明天就要交教案，还得写实习日志……"

虽然嘴上这么说，但是筱原老师看上去真的很想帮忙。比起老师，她此刻更像个学生。

大家都停下了手里的活儿，围在筱原老师身边。

此时，又一位实习老师走了进来。他来我们班上过一节音乐课，是钢琴弹得很好的村上老师。

村上老师瞄了一眼筱原老师的名牌，走了过来。

"筱原老师，今天的课堂记录和会议记录我写好了，请问该交到哪儿呢？"

"啊……交给各科的老师就行。"

村上老师闻言点了点头。接着，他看向我们，露出了微笑："真厉害啊！我上中学的时候，也在校庆日办过饮品店呢。"说完，他离开了教室。

紧接着，走廊上传来了班主任古贺老师的脚步声。

我们立即作鸟兽散，迅速逃回各自的岗位，摆出一副认真工作的样子。筱原老师的反应更有意思：听到古贺老师的脚步声，她瞬间紧张起来，表情都凝固了。（她也害怕老师的脚步声，果然还是实习老师呢。）

古贺老师推门而入的瞬间——

"我先走了。"筱原老师唰的一下消失在了门外。看来，没写完教案和实习日志就跑来跟学生们玩闹这件事，可不能让其他老师发现。

"怎么样，还顺利吗？"古贺老师在教室里环视了一圈，问道。

古贺老师 30 多岁，是我们的数学老师。他身材高大，不拘小节，大家都叫他"古老师"。

"没问题。距离明天开始营业还有 4 个小时的准备时间，绝对来得及。"

"关于这个……"古贺老师用力挠了挠头，"刚才老师们开会，通知说今天的准备工作最多只能做到晚上 7 点。"

"什么?！"众人齐齐发出不满的声音。

古贺老师竭力安抚着大家："同学们听我说，按照规定，校庆日前一天晚上本来就只能准备到 7 点……"

他说得没错。当初跟老师们说要延长到 10 点的人，正是创也。

那天，面对老师们"晚上还是早点儿回家睡觉吧"的劝告，创也是这么回答的："大部分学生放学后都要去补课，有些人甚至半夜 11 点才回家。'早点儿回家睡觉'这句话显然不适用于所有人。"接下来，创也凭借三寸不烂之舌，加之各种令人费解的论据，终于成功说服老师们，将准备时间延长到了晚上 10 点。

等我们安静下来，古贺老师开口道："昨天晚上学校附近发生了运钞车抢劫案，你们都知道吧?"

一半的学生点了点头，另一半则满脸写着迷茫，这充分体现了当代中学生对社会时事不甚关心的现状。我自然是知道的。（直升机那么吵，注意不到才奇怪。）

"连警戒网都拉了起来，大家都以为嫌疑犯很快就能落网，但到现在都没有抓到人。发生了这种事，学校肯定不能让学生留校太晚。"

嗯，有理有据，无法反驳。

大家把目光投向创也，创也只是耸了耸肩。看来，他妥协了。

于是，大家加快了动作。

"老师，您就不要在这里碍事了，快出去！"

我们把古贺老师推到门外。接下来，全体同学加足马力，全速推进！可不要小看我们班的团结程度！

可是……不管我们再怎么加速，手里的活儿还是干不完。

距离晚上 7 点还剩最后 10 分钟的时候，浅井直树说道："不行啊……时间不够了。"

直树是我们的总负责人。他是班上个子最小的，整日急急忙忙的样子，就像一只活力满满的仓鼠。

"我去拜托古老师，让他同意我们留到 10 点。"直树话音未落，人已经跑到了门外。

"算了吧，直树，没用的，别白费力气了。"说话的是创也。

"这是什么话，创也？饮品店现在这个状态，明天根本没法营业。"直树从门外探出头，对创也说道。他的身体已经准备朝着老师办公室的方向狂奔了。

"我是说，跟古贺老师说这件事是白费力气。听古贺老师话里的意思，7 点之前回家是学校的决定，他是没有决定权的。"

"那我直接去跟校长谈。"话音未落，直树的脸已经消失在了门后。

"等等，直树！"田径部的短跑选手三郎一个冲刺拦下了直树，"就听创也的吧，他好像有什么主意。"

三郎推着直树回到了教室。

创也开口道："说服校长不知道要花费多长时间，筹备的时间只会越拖越少。与其这样……"

创也微微一笑。看到这一幕，我不由得起了一身鸡皮疙瘩……这场景似曾相识。每当创也露出这种笑容，他的脑袋里肯定有些馊主意。

"不如先老老实实'回家'，之后再悄悄溜回来。"

果然……

听到创也的话，直树迅速做出了判断："原来如此。确实也只有这个办法了……"

等一下！好好想一想啊，直树！真的只有这个办法了吗？

"看进度，恐怕还要两个小时。需要多少人？"直树问创也。

创也环视教室一圈，说道："8个……不，稳妥一点儿的话，9个。"

直树点点头，走到黑板前转身，对众人说："大家不要停下手里的活儿，听我说就行！可以晚上10点回家的人，举手！"

手里拿着卡纸举起手的，加上两只手都占着而只能翘起一只脚的，总共有6名候选人。

"算上我就是7个人。"创也说道。

"算上我，现在是8个人。还差1个人。"直树双手抱起了胳膊。

我试图神不知鬼不觉地往教室后方移动。

"内人，你要去哪儿？"创也的眼睛真尖。

我找借口糊弄道："今天晚上是满月之夜，不赶快回家的话，我会变成狼人。"

"你觉得这种理由有用吗？"创也叹气道。

"那如果我老实告诉你'晚上溜进学校既危险又缺乏常识，我不想参与'，你就会放我走吗？"我反问道。

创也又叹了口气："你觉得这种理由有用吗？"

你看，我说什么都没用啊……

晚上7点，伴着放学铃，我们乖乖地离开了教学楼。校门口站着几位老师和两位巡警。

我们9人——自愿留下的8人和被迫卷入的1人，出了教学楼后并没有走向校门，而是悄悄地躲在了体育馆后面。

喧闹的校园渐渐安静下来。最后一间亮着灯的办公室也灭了灯，几位老师开车从后门离开了学校。不久，最后离开的老师锁上了后门。

"都走了……"

我们从体育馆后面走出来，来到操场上。校门口的巡警叔叔也不见了。

"学生们都回家了。所以，巡警可能偶尔会来这里巡逻，但不会一直待在学校。"我耳边传来创也冷静的声音。

也就是说，老师和警察都离开了。我松了一口气。

夜空中，一轮圆月已经升起，银色的月光打在我们身上。操场上，9个影子被月光拉得又细又长。

"好了，快点儿继续干活儿吧！"直树说着看向创也。

创也歪了歪头，一副不明白直树为什么要看自己的样子。

"别装了，创也。"直树把手搭在创也的肩上，"接下来该怎么进入教学楼呢？"

听到这个问题，创也后知后觉，露出了惊讶的表情。

我闭上眼睛，深吸了一口气。这家伙果然完全没有想到这个问题啊……

对此，我已经习以为常，其他人却感到震惊。

"创也犯迷糊还真是少见啊。"达夫说道。

根本不少见，可以说隔三岔五就会发生。

"我们也有责任，不该把事情都推给创也一个人。"直树抱着胳膊说道，"现在的问题是，我们该怎么进入教学楼内部……"

众人抱着胳膊，陷入了沉思。只有创也显得很淡定。

"我们学校和安保公司有合作。最后离开的老师锁上教学楼的大门之后，安保警报系统就会自动启动。这期间，整栋教学楼都处于安保公司的监控之下，直到有人用正当手段把门锁打开。也就是说，如果我们随意开门或者开窗，保安就会立即赶到。"

感谢创也带来如此重要的信息。但他既然早就知道闯入教学楼这么麻烦，为什么不提前想好办法呢？！

此时我突然注意到，除了创也以外，还有一个人看起来非常淡定。

她就是文学部的真田女史。她的眼镜片闪着光，短发上别着一个粉色的发夹。其作品风格偏激且荒诞，却有很多拥护者。

"我预想到可能会发生这种情况，所以提前准备好了。"真田女史说。

"什么意思？"直树问道。

真田女史的手指向教学楼四楼的一个角落，也就是厕所的位置。

"厕所被台风损坏，正在维修且无人使用，所以我趁机把那里的窗户玻璃拆下来了。从那儿可以进入教学楼。"

听到她的话，我们集体陷入了沉默。

她说她预想到可能会发生这种情况……等一等，平常她的脑子里到底在想些什么……

"真田同学的先见之明真是令人佩服。"直树说道，"不过，要怎么从四楼的窗户进去呢？"

我们站在教学楼下，仰头看着窗户，好高……

"这个问题我还没想好。"真田女史淡淡地回答。这个人，和创也是同类啊。

就在这时，创也开口了："放心，我有办法。"

我的心中升起了一种不祥的预感。于是，我缩起身体，尽量让自己看起来不那么显眼。

"我们有一个比哆啦A梦还可靠的伙伴啊。"果然，创也指向了我，不祥的预感应验了。

"不要胡说，创也，我可没有任意门。"

"不需要任意门，有这个就足够了。"创也拍了拍排水管。

教学楼的墙壁上安装着一根直径约20厘米的排水管，平时并不惹人注目。

"顺着这根排水管爬上去，就能够到那扇窗。然后，只需要从教学楼内部打开锁，就不会触发警报系统。"

有道理。不过，我有一个疑问："为什么让我来爬呢？"

"因为只有你能爬得上去。"创也拍了拍我的肩。

"可是，我不会爬排水管，我们一起上过体育课，你是知道的吧？"

"体育课是体育课，现在是现在。现在你可是背负着大家的期望……"

听了创也的话，我环顾周围。

"这么一说，今天傍晚的时候，好像有人丢下自己的活儿跑出去了呢。"直树说道。

"还想用汉堡糊弄我们。"

"以为给一点儿甜头，就能获得大家的原谅吗？"

"太天真了。"

"居然还说不想爬排水管。"

"这可是戴罪立功的好机会啊。"

现在我终于明白了，但凡敢说个"不"字，从明天起我在班上就没有立足之地了……

刚开始学爬树的时候，奶奶曾经教过我：

"枝干多的树，落脚点也多，爬起来更容易。可如果是没有落脚点的树，该怎么爬呢？"

奶奶说着，把我带到了一棵杉树下。

那棵杉树被修去了枝杈，向着天空笔直地延伸。树干光秃秃的，无处落脚，直到离地面大约 10 米高的地方才开始有旁枝，而且树干很粗，双手也环抱不过来。

"这样的树根本没法爬嘛。"

看着一筹莫展的我，奶奶笑了："那人们是怎么修剪枝叶的呢？"

"架梯子之类的吧。"

"带着梯子进山会很累的，所以他们都用这个……"

奶奶说着，拿出一根绳子递到我手上。这根绳子并没有多长。

"用这么短的绳子，根本够不到上面的树干啊。"

听了我的话，奶奶又狡黠地一笑。

"创也，把腰带借给我。"

创也满脸疑惑："你要做什么？"

解释起来太麻烦，我没回答，又借来 3 根腰带，然后把其中两根系成一根，再用这条长长的带子把自己和排水管圈起来。

爬杉树的话，只用这条带子就够了。不过，排水管有很多地方都和教学楼外墙连接着……

于是我拿出另外两根腰带，如法炮制。这样一来，我身上就有两个圈同时固定在排水管上了。

应该不需要防滑……

我拽着两个绳圈，用脚蹬着墙壁，把上半身向后仰着，保持远离排水管的姿势。此时，我的身体、排水管和拉直的绳圈从侧面看构成了一个三角形，就像蝴蝶的蛹挂在植物的茎上那样。

我依靠自重向后倒去，使绳圈保持绷直状态，然后抬脚缓缓向上挪动。每爬一段，我就把绳圈拉高一截。因为有墙壁可以落脚，这根排水管比杉树好爬多了。

我又想起奶奶曾经说过："爬树的时候，如果因为害怕而紧紧抱着树干，反而会掉下去。只有战胜恐惧，让身体远离树干，才能顺利往上爬。"

我回想着奶奶的教诲，在向上爬的过程中尽量让上半身远离排水管。每当碰到排水管与墙的连接处，我就解下一个绳圈，绑到连接处的上方。通过连接处后，我再把另一个绳圈解下来，绑到更靠上的地方。

奶奶要是在这里，看到我这么机智，肯定会夸奖我吧？

如此反复，我终于爬到了四楼。手一伸，我扒住了那个空空的窗框。但就在此时，我突然意识到一件非常重要的事。

"喂！"我冲着下面的人喊道，"这里该不会是女厕吧？"

"当然！我怎么可能去拆男厕的窗玻璃？"真田女史的声音传来。

"也就是说，我要从女厕进去？"

"不要在意这些细节了！"

确实，没空纠结其他的事情了。

我牢牢抓住窗框，然后解开了绳圈。

来到一楼，我朝教职工专用入口走去。就在我打开锁扣，正要推开门时，我的手顿住了。

"怎么了，内人？"创也隔着门上的玻璃问道。

"锁是打开了，但这个时间打开大门，警报系统会通知安保公司吧？"

创也点了点头。

我长长地叹了口气："如果不能开门，那大家要怎么进来呢？"

听了我的疑问，创也的脸上浮现出一个暧昧的微笑。此时无声胜有声，我猜他想说：这个问题我还没想好。

"没办法了。你们也从四楼的女厕窗户爬进来吧。"

回答我的是劈头盖脸如潮水一般的抱怨声。

"别开玩笑了，爬女厕的窗户，简直有损男人的尊严！"

男生们纷纷点头认同达夫的观点。

一旁的真田女史也露出了难以置信的表情："你竟然让穿短裙的女生爬排水管……没想到啊，内人，你竟然是这种人。"

我被他们蛮不讲理的样子气得头晕目眩。跟这帮人争执下去也没用，只能靠我自己了。

我观察着眼前的大门。这扇大门是铝合金材质的，门的顶部和门框上各装着一个方形的盒子，就像两块大橡皮擦。

"创也，门上面装着像橡皮擦一样的盒子，那是什么？"

"是开关传感器。门一开，传感器就会分离，并给安保公司发送信号。"

我思考着，也就是说，只要传感器不分离，就算门开了，安保公司也不会收到警报。

那么，要想做到这一点，有什么能用得上的东西吗？我环顾周围，发现旁边只有教职工和访客专用的鞋柜，侧面挂着黑板，上面扎着几枚图钉。我摸摸口袋，里面有随身携带的笔记本。

我揭下笔记本上的贴纸，贴在两个传感器上，把它们固定在一起。然后，我把图钉插入门与传感器的缝隙，一边小心地不让传感器分离，一边把传感器从门上剥离下来。

如果创也说得没错，这个办法应该行得通。我紧张地打开了门。

"……"

没有任何异样……我猜。

我紧张的神经还未放松，他们所有人就立刻大摇大摆地走了进来。他们自觉地换上访客专用拖鞋，还拍了拍我的肩膀。

"哎呀，真是辛苦你啦。"

"不愧是内人啊。"

"没有你的话，我们就没法进来啦。"

大家七嘴八舌地说着感谢的话，笑容却不怀好意。

"为了大家勇闯女厕，你真是牺牲小我，成全大我。"

"打死我，我都不要进女厕。"

"我都想给你送一面锦旗了！"

此时我很想大喊一声：幼稚鬼！为了这种事情大惊小怪，你们又不是小学生！

恐怕接下来一段时间，这帮人都会叫我"勇闯女厕的内藤内人"吧……唉……

全员到齐以后，我重新锁上门。

我们回到教室，先把窗帘都拉上，又用胶带粘住窗帘之间的缝隙，保证一丝光都不会漏出去。靠近走廊那一侧的窗户也被我们用窗帘遮得严严实实，密不透风。这样一来，我们就可以放心开灯了。

此时已是晚上 7 点 40 分，没时间闲聊了，大家各自开始干活儿。

"你们知道学校流传的七大灵异故事吗？"负责画黑板报的健一问道。

大部分工作已经做完，教室里的气氛也变得轻松了些。

窗帘依旧紧闭，荧光灯管裹上了彩色的玻璃纸，空气里混杂着司康蛋糕、巧克力曲奇饼干的甜香与纪州青梅干独特的酸味。现在的教室与平时的样子迥然不同，置身其中，有一种进入了平行世界的奇妙感觉。

在这样装饰一新的不同寻常的空间中，我们都有些兴奋。于是，曲艺研究会的健一主动请缨，要给我们讲传说中的七大灵异故事。眼看着七大灵异事件已经讲到第十六个了，健一突然压低了声音：

"刚才那六个灵异故事都只不过是开胃小点心，接下来我要讲的第七个才是硬菜！"

喂，早就不止七个了吧……

"这个故事叫作《徘徊的孤影》。大约在三十年前，同样是校庆日的前一天晚上，有个男生留在学校做筹备工作。这个男生在班里一向是被欺负的对象，平时其他人就把活儿都推给他一个人，所以这次校庆日的筹备工作也是他一个人做。可是工作太多，他迟迟完不成。'做不完了，我又要被欺负了'，他这样想着逃出了教室。那之后，就再也没有人见过那个男生了。大家都说他变成了影子，直到现在还在学校的角落里徘徊。"

"……"

"自那以后，一旦有人为了筹备校庆日而留校到很晚，就会听到走廊上时不时传来'咚！咚！咚！'的脚步声……"

虽然这个灵异故事本身很无聊，但身处夜深人静的教学楼里，听着莫名有些瘆得慌。

随着灵异故事大会的结束，"二年五班饮品店"的装饰工作也基本完成，明天早上再准备好三明治就万事大吉了。此时，时钟的指针刚刚走过夜里 10 点。

"筹备工作圆满完成！"直树满意地点点头。

"我们庆祝一下吧！"达夫提议。

不过，深夜的校园并不适合大声欢呼，我们只能聚集在教室中间，冲彼此小声地说道："万岁……"

虽然只是小小地庆祝了一下，但我们依旧非常满足。

"趁还没被人发现，我们快回家吧。"直树说着，伸了个大大的懒腰。与此同时——

咚！咚！咚！

我们都清楚地听见，教室外面传来下楼梯的脚步声。

咚！咚！咚！

来不及多想，我们的身体已经抢先一步做出了反应——众人蹑手蹑脚地关掉灯，把身体缩成一团，躲在角落，大气都不敢出。

听脚步声，那人下了楼梯，正沿着走廊步步逼近。

"这……不会就是健一说的那个'徘徊的孤影'吧？"真田女史压低了声音问道。她听起来并不害怕，只是说出了自己的真实感想。

达夫倒是吓得瑟瑟发抖，小声冲健一说道："这个脚步声到底是谁的啊？！都怪你，非要讲什么灵异故事！"

"怎么变成我的错了……"健一用颤抖的声音反驳道。

夜晚，空荡荡的教学楼里安静得能听到一根针落下的声音。我们屏住呼吸，竖起耳朵听着。

咚！咚！咚！

脚步声停住了。貌似不是停在我们的教室前，而是停在与我们教室还有一段距离的地方。开关教室门的声音传来，随即又是逐渐接近的脚步声。脚步声再次停下，接着又是教室门被打开的声音。

这个人不知出于什么理由，似乎是在挨个儿检查所有教室。

随着脚步声越来越近，我的心跳声也越来越大。

脚步声又停住了。是隔壁……不，是隔壁的隔壁。

"到三班了。"耳力好的创也说道。

果然，教室门被打开的声音又一次传来。但是这次有些不同，那个人并没有像之前那样立刻关上门，过了好一会儿，关门的声音才响起。

　　咚！咚！咚！脚步声逐渐远去。接着，上楼梯的声音响起。

　　"没事了，已经听不到了。"

　　听到创也的话，大家终于松了口气。

　　我打开教室的灯。我第一次觉得，亮光是这么令人安心。

　　"刚才那是……"直树转头看向了我，"内人，我们进来以后，你把门锁上了，对吧？"

　　我点点头。我上了锁，还把开关传感器复原了。

　　"那这个人是从哪里进来的呢？"

　　"难不成和我们一样，是从四楼厕所的窗户进来的？"

　　如果真是这样，那这个人和我同病相怜……

　　"别管这些了，还是赶快想办法从这里出去吧！"达夫用颤抖的声音说道。

　　我赞成达夫的意见。然而——

　　"还是再等等吧。我们这么多人一起移动，极有可能被那个人听到。我认为，应该先确定那个人深夜进学校到底有什么目的，之后再行动也不迟。"创也插嘴道。

真是个多事的家伙。

"那要怎么确定呢？"直树问道。

创也微微一笑。我了解这个笑容，只要他这么一笑，那就准没好事。

创也看着直树，拍了拍我的肩："你忘了我们身边这位拥有四次元口袋的哆啦 A 梦了吗？"

在哆啦 A 梦眼里，大雄是不是有时也像个恶魔……

"放心吧，我不会让你独自冒险，我跟你一起去。"

看来，创也的字典里应该没有"绊脚石"这个词。

"来，让我们挺身而出，为了大家赴汤蹈火吧！"创也的斗志十分昂扬。

我一边寻找着教室里能派上用场的东西，一边思考着。"挺身而出""赴汤蹈火"只不过是场面话，创也的真心话只有一句：我想去冒险。

"只要我跟你齐心协力，我们就什么危险也不怕。"

"是，你说得对。"

这句自然也是场面话。你的参与只会让情况更危险——这才是我的真心话。罢了罢了，不论带着什么"累赘"，我都要尽力而为。

我捡起掉在地板上的胶带，裁下几段贴在自己的拖鞋底。当然，我也让"累赘"贴上了。

"这是为了防滑吗？"

"是为了不让拖鞋发出啪嗒啪嗒的响声。"

接着，我把小段铁丝、绳子以及美工刀等可能用得上的东西都揣进了校服口袋。

"别捡垃圾了，快走吧。"我耳边传来创也愉快的声音。

你小子，再不好好记住"有备无患""居安思危""未雨绸缪"这些词，迟早得死翘翘。

我俯身捡起掉在地上的卷尺。这种卷尺一拉即出，只要按下按钮，还能嗖的一声收回去，十分方便。除此之外，我还找到一个一次性打火机。

这些东西还不足以让我放心，但也无法继续收集了，因为创也已经心急地把我推到了走廊里。

"那么，为了保证大家的安全，我们出发去调查了。虽然很危险，但不用担心。"创也只给大家留下了这句话。不用回头，我也想象得出大家目瞪口呆的表情。平时沉着冷静、不轻易流露感情的创也，居然也会像个要去春游的幼儿园小朋友一样兴奋。我想大家需要一段时间才能消化这件事……

"想必你也知道，我在搜集各种灵异故事。"走在洒满月光的走廊上，创也低声说道，"经过调查，我发现每个学校流传的灵异故事都不一样，真是有意思。这次居然有机会调查灵异故事背后的真相，你不觉得我们运气很好吗？"

"是是是……"

如果有一天结婚生子了，我一定会告诉我的孩子：远离那些认为碰上眼下这种情况是运气好的家伙。

我们来到三班门口，蹑手蹑脚地打开门。

教室里拉着窗帘，月光透不进来，里面黑得伸手不见五指。我打着一次性打火机，教室里亮起了微弱的光。这里的课桌并在一起，摆成了餐桌的样子。讲台上放着胶合板，貌似是个简易的收银台。黑板上用粉笔画着一盘意大利面。

"那个人来到这里，是想做什么呢？"创也头也不回地往教室深处走去，我却没有这样的勇气。

门口的纸箱里摆放着大号番茄罐头，拿在手里沉甸甸的。我用绳子把罐头捆起来，挂在门上方的挂钩上，再把绳子依次穿过墙上的几个挂钩，连到地板上，用胶带固定好。然后，我把美工刀的刀片横着搭在绳子上，再把卷尺头固定在刀片一端，又把卷尺拉长握在手里。

"你在做什么？"创也问道。

"要是有人趁我们认真调查的时候从背后偷袭怎么办？我得做些准备。"

创也听罢，无奈地耸耸肩："你还真是爱操心啊。如果有人来了，我能听到脚步声。"

"万一来的是可以隐匿脚步声和气息的高手呢？"

创也闻言，思考了一会儿，说道："这个问题我还没想好。"

果然……

谁知下一秒——

打火机的火苗忽然晃动了起来！室内不可能起风，而我和创也都没有动作，那么这晃动的火苗只能说明教室里肯定有其他东西在动！到底是什么在动，我们已经没时间思考了。

教室门口正站着一个高大的黑影，他的轮廓影影绰绰地藏在黑暗中。

我立刻按下了卷尺的按钮。卷尺自动回缩，带动刀片割断了绳子，巨大的番茄罐头朝着那个人影砸了下去。与此同时，人影倏地伸出手，竟然接住了落下的罐头。

看着那超出常人的速度，我和创也一时间惊讶得说不出话来。可是，真正让我们打了个寒战的，是接下来发生的事。人影打开了教室里的灯——

"设下这个陷阱的是创也少爷，还是内人少爷？我到底做了什么，让你们这么怨恨我？"

听到人影——卓也先生这么说，我和创也立刻把头摇得像拨浪鼓。

卓也先生把番茄罐头放回了纸箱里。我瞥了一眼那个罐头，上面清晰地留下了手指抓握的凹痕。三班的人看到这个罐头，不知会作何感想……

"卓也先生，您怎么会在这里？"

"7 点的时候，所有老师和学生都离开教学楼了，可是我并没有看到创也少爷。我猜创也少爷一定是留校继续做筹备工作了，所以我决定等到 10 点。可是 10 点之后还是一直不见创也少爷的人影，我就直接进来接人了。"

"那您是怎么进来的？"创也问道。

"我围着教学楼转了一圈，发现四楼厕所的窗户开着，就从那儿进来了。"卓也先生镇定地答道。

我长舒了一口气，刚才一直狂跳不止的心脏也渐渐平静下来。看来，刚才的脚步声应该是卓也先生的。虽然来历不明的脚步声很可怕，但是一想到那脚步声其实是卓也先生的，我就感觉没那么可怕了。（不，说不定更可怕……）

"我把公司的面包车开来了，一会儿可以把创也少爷的同学也送回家。"

趁卓也先生说话的工夫，我连忙收拾好被我们搞得乱七八糟的三班教室。不知道什么时候，一包意大利面也掉在了地上，我不管三七二十一，把它揣进了口袋。

我们把卓也先生带回了自己班的教室。大家先是吓了一跳，随后松了一口气，露出如释重负的表情。

我们并没有解释太多，但既然那个人不是坏人，大家也放心不少，没再多问。

我们一起从教职工专用入口走出教学楼。这一次是卓也先生负责锁门，并把开关传感器复位的。多亏了他，我不用冒险顺着排水管下四楼了。

卓也先生不用腰带便顺着排水管帅气地滑了下来，简直像好莱坞的动作明星。

看到真田女史热切地盯着卓也先生，我问道："我爬排水管的时候，你也是这么看着我的吗？"

"啊……你刚刚说什么？"真田女史依然盯着卓也先生。

好吧……

学校门口停着一辆面包车，车身上写着"龙王集团"几个醒目的大字。如果不是这种非常时刻，我根本不想上这辆显眼的车。

　　卓也先生开车把我们一个一个送回了家，途中还好几次被警察查问了。看来，抢劫运钞车的嫌疑犯还没有被抓住。

　　不过我并不在意这件事。校庆日的筹备工作顺利完成，我的生活终于回归了平静，今晚还是赶紧睡觉吧！

第三场
校庆日当天1 非日常

终于到校庆日啦！

其实我对各类节日算不上多喜欢，但校庆日还是不太一样，我难免有些兴奋。不光是我，其他人也都干劲儿十足！尤其是班里的男生们，用"欣喜若狂"来形容他们也不夸张。举个例子吧，我听说卓洗自己的圆寸头时还抹上了护发素和发膜。（不过，护发素和发膜究竟有什么不同？）

"我担心没客人，焦虑得胃都痛了。"直树虽然捂着胃，脸上却笑眯眯的。

包括我们班的饮品店在内，校庆日的所有收入都要上交学生会，作为赈灾善款捐给有需要的人。

"我也一样，担心这担心那，整夜都没合眼。"达夫拨着他心爱的吉他说道。

看他手指的动作就知道，他正在拼命按捺自己雀跃的心情。达夫组建的 Nanbaiz 乐队会在今天下午的"才艺展示大会"上正式亮相。对他而言，Nanbaiz 乐队的表演似乎比饮品店的营收更加重要。

虽然是题外话，但我还是简单地介绍一下 Nanbaiz 的成员吧。

达夫他们组建 Nanbaiz 乐队是向知名摇滚乐队——Sunbaiz 致敬，所以跟 Sunbaiz 一样，乐队里也有两个吉他手。其中一个就是达夫，他也是乐队主唱兼队长，艺名是"KOMEZ"。另一个吉他手是初一的北野，艺名是"SHOW YOU"。他留着一头长发，身材瘦小，常常被认成女生。隔壁班的真治是贝斯手，艺名是"AQA"。鼓手是柔道部的佐藤，他身材高大，敲起鼓来气势十足。佐藤的艺名还是"佐藤"。最后一位成员是友情出演的创也。他在乐队里是键盘手，艺名是"SHI-O"。

说起来，"才艺展示大会"这个名字当初还引发了不小的争议。有部分学生觉得"这名字太老土了"，于是联合学生会发起了改名倡议。可是校长坚决不同意，双方的角力持续了很久。结果，三个月后，学生会败下阵来，"才艺展示大会"成了这场活动的正式名称。（我倒是挺喜欢这个名字的。）

言归正传——

我问达夫："你整天没心没肺的，什么事让你这么担心？"

"肯定会有很多女生来看我们乐队的现场表演，要是她们都成了我的粉丝怎么办？我在苦恼该怎么拒绝别人。"

"哦，这个问题的确很紧迫。"

都已经波及我了，还不够紧迫吗？

比起男生们，虽然女生们讨论得也很热烈，但内容要实际得多。

"不要慌乱！稳住！"

"争取多赚钱！客人越多，营收越多，赈灾款就越多！"

每个女生都吊起眼角，看上去雄心勃勃的。（绑在头上的三角巾真的不勒吗？）

在这样热火朝天的气氛中，创也的样子却有些奇怪。

我们学校致力于让学生融入社会，因此每到校庆日、运动会的时候，都会开放校园，邀请校外人士来参观。上午 9 点，参观就会正式开始，在此之前我们必须完成所有筹备工作。茶点和热水的准备往往留到最后，交给心灵手巧的女生们负责，而像我一样笨手笨脚的男生们则会被当成小弟呼来喝去。

"创也，你看这样行吗？"负责烧热水的堀越向创也问道。

创也并没有回答。他似乎陷入了沉思，没有听到。

"怎么了？"

我拍了拍创也的肩，他这才一副如梦初醒的样子。

"啊……在想些事情。"

真是奇怪。难得赶上一次校庆，他不高兴吗？创也确实不擅长社交，可昨天跟大家聊天的时候他表现得还挺不错的呢。

我正想着，古贺老师走了进来。

"哇！不错呀！看你们昨天的进度，我还以为完不成了呢。"说着，古贺老师看了看手表，"活动还有三十分钟就要开始了。校外人士也会来参观，大家要好好加油！"

"好！"

听到我们干劲儿十足的回答，古贺老师十分满意。

"对了，还有一件事，下午的安排有变。本来跟大家说的是可以自由活动，但是今天晨会通知，所有人都必须去体育馆看才艺表演。"

部分学生发出了"啊?!"的声音表达不满。

"为什么啊?!"

"我下午还想去别的班转转呢！"

我本来也打算只看 Nanbaiz 的演出，然后悠闲地参观一下其他班的展区和活动。对于学校的这个决定，我也很难理解。

　　古贺老师举起手安抚大家："哎呀，其实我理解大家的心情。但其他老师都说'学生们为这次大会付出了很多心血，所有人一起去捧场，鼓励他们，这才是正确的教育'，我也无法反驳。况且，那个时间段除了体育馆，其他地方都会上锁。"

　　"为什么要上锁？"

　　"因为大家都在体育馆，怕有人单独行动，出什么危险。"说着，古贺老师冲着我们合掌道，"我也很无奈，同学们，理解一下老师吧。"

　　古贺老师的话已经说到这种份儿上了，我们便放弃了无谓的挣扎，勉强接受了这件事。

　　可就在这时——

　　"是谁先提出要全校一起去体育馆的？"创也突然发问。

　　"嗯……是哪位老师来着？等我回过神来，这件事已经定下来了……"古贺老师含糊其辞。

　　创也托起下巴，陷入了沉思。

原来他这么想自由活动吗？

古贺老师走了以后，我们开始重新排班。

一直留在班里招待客人，就不能四处参观。可如果大家都跑出去闲逛，饮品店就会无人照看。因此，我们决定轮流值班。

我本来被安排在第一组，也就是上午9点到11点，但是现在改到了9点到10点。创也和我一组。

"动作快点儿，省得挨骂。"我麻利地穿上围裙，戴上三角巾，创也却还在一旁发呆。

"你……难道不知道围裙怎么穿？"我问道。

"别说这种不礼貌的话。"创也只有这种时候才会乖乖回应。（这家伙碰到尊严问题真是寸步不让。）

说着，他拿起一条打好结的围裙，从头顶套到身上。

话说我在小学时也见过这样的人——不会从背后打结，只能先系好带子，再套头穿。

"你不觉得丢人吗？"

"这种小事并不会有损我的尊严。"创也冷静回击。

"好可爱！"看到穿着兔子印花围裙的创也，女生们爆发出一阵欢呼。

我虽然能熟练地从背后系围裙带子，但这一幕仍让我黯然神伤。尤其是看到欢呼的女生里还有堀越，我的心中更添了几分苦涩。

我拼命工作到上午 10 点。顾客盈门，我当然十分欣慰，可满屋子都是"我点的大吉岭红茶呢？""明明是我先点的！""青梅干和醋昆布套餐还没好吗？"的吵嚷声，听上去不像饮品店，更像是男校附近的快餐店。

这与我想象中的饮品店——女孩们翘着小指优雅地端起咖啡杯，聆听着古典音乐慢慢啜饮——简直是大相径庭。也罢，能筹集到这么多善款，也算是没白忙活一场。

"久等了！您的阿萨姆红茶，请用！"达夫上茶时的语气像个拉面店的服务员。

在我忙得晕头转向之际，换班时间终于到了。

"创也，你一会儿打算去哪儿转转？"我问道。

创也从头上把围裙脱下来，没有回答我就匆匆离开了教室。我急忙追上去，把手搭在他肩上，按住了他。

"你怎么了？从早上起就怪怪的。"

创也看向我，说道："嗯……我可能需要你的帮助。"

咦，他刚刚说什么？需要我帮助？创也竟然会主动求助？这还真是稀奇。平时的他，就算需要帮助也不会说出口。真到迫不得已的时候，他会强行拖我下水。这才是龙王创也一贯的个性……

我清清嗓子，装模作样地问道："喀喀，说吧，你需要我帮什么忙？"

创也却什么都不说，拽起我的手就走，仿佛是在拽一件行李。这个人真的需要我的帮助吗……

创也拉着我在人来人往的走廊里穿行。走廊里除了身穿校服的本校学生，还有很多成年人，外校的学生也不少。途中，我看到了很多感兴趣的展区，比如理科教室里有科学研究会主办的展览——用豆腐钉钉子的方法。但我还是一会儿有时间的话再来看吧。

"我们到底要去哪儿？"

创也依然没有回答我。我本以为是要去哪个班级参观，结果创也却拉着我上了学校楼顶的天台。打开那扇没有上锁的门，冰冷的空气顿时拍在我的脸上。

我很久没有来过楼顶了。看着广阔的碧空，我大大地伸了个懒腰。

原来创也是想打 3D 保龄球了。说起来，这个礼拜都没时间玩这个呢。

"你想打 3D 保龄球啊，怎么不早说？"

我决定实践一下最近想到的诀窍。想打出全倒，就必须让球经过楼梯右侧 24 厘米处。所以，只要制造出一条通道，保证球绝对会从那个位置通过即可。

我把天台上的纸箱和竹棍排列起来，造出一条通向楼梯的路。这样一来，无论从什么地方发球，球都会像流进漏斗的水一样，朝着正确的方向前进。

"怎么样，创也？用这个办法，我也能打出全倒。"

"……"

没有回音。咦，创也去哪儿了？

我环视四周，发现创也正站在天台的角落里。他的面前是一堆杂物，上面盖着一块蓝色帆布。

"要是早点儿收拾好就好了，可惜学校一直在忙校庆日的活动，没顾上这里。"创也完全没听到我的话，一个人自言自语道，"果然是在这里……"

什么"在这里"？

创也望着我解释道："昨晚在走廊上走动的人。那个人先是走下楼梯，随后又沿楼梯上楼了，就是回到了这里。"

"昨晚那个人……不是卓也先生吗？"我问道。

创也摇了摇头："不是卓也先生。你回忆一下，卓也先生出现在三班教室门口的时候，你听到他的脚步声了吗？"

没有。卓也先生是突然出现的，没有任何声音。

"卓也先生不是那种在黑暗中大声走路的傻瓜，他行动时向来都是无声无息、难以察觉的。"创也说道。

也就是说……

"昨天晚上，除了卓也先生，还有一个人。那个人当时就躲在这块蓝色帆布下面。"

创也的话让我起了一身鸡皮疙瘩。

"那到底是谁躲在这里？"

就在我发出疑问的同时，一个声音传来了。

"找你们半天了。"

我回过头，看到卓也先生站在我们身后。他本来应该在校外待命，但今天是校庆日，所以他也进了校园。

"创也少爷，轮班时间变了，你应该早点儿通知我，毕竟我也有自己的安排。"

面对卓也先生的抱怨，创也只是轻轻地耸了耸肩。他伸出手，指向蓝色帆布："关于昨晚躲在这里的人，您肯定知道些什么吧？快告诉我。"

"创也少爷这么聪明，即使我不说，想必你也猜到了。"

创也点点头："嗯，我一直觉得有点儿不对劲儿，现在总算知道原因了。但这个结论让我难以置信，普通中学生的日常生活中怎么会发生这种离奇的事情？"

普通中学生？你在说谁？（难不成，创也是在说他自己？真是幽默。）

卓也先生叹了口气："很遗憾，这种离奇的事情的确发生了。为此，龙王集团高层已经启动了 C 级警戒，要我时刻保护创也少爷。"

我拼命调动自己的想象力，随即冒出了一个可怕的想法。

"难不成……"

说到一半我便卡壳了。这个结论实在太过惊人，我没有足够的勇气说出来。然而——

"没错，躲在这里的就是那个抢劫运钞车的嫌疑犯。"创也毫不犹豫地说。这家伙真是"胆大心粗"……

不愿承认现实的我试图反驳："真的吗？虽然我也这么

想……但这叫我怎么相信?！像我这样一个普普通通的中学生,居然会跟嫌疑犯扯上关系……"

创也用手指着我,干脆地说道:"你居然觉得自己是个普通的中学生?真是可笑!"

话说得真狠……

"运钞车被抢劫后,警方立刻布下了警戒线,甚至派出了直升机,试图从空中寻找嫌疑犯的踪影。大批警察在这附近进行了地毯式搜索,对路过的人逐个盘问,就连媒体也出动了。布下这样的天罗地网却始终没有抓到嫌疑犯,这是为什么?因为嫌疑犯就藏在这块蓝色帆布下面。"

对啊,从直升机上往下看的话,即使这块蓝色帆布下有什么动静,也很难被注意到。

"但是,我还有件事想不通。抢劫运钞车后,嫌疑犯立刻就暴露了踪迹,显得毫无章法。可是警戒线一拉开,他又能迅速地躲藏起来,似乎早就想到学校楼顶的天台可以藏身。也就是说,他事先掌握了学校楼顶的天台有块蓝色帆布的信息。既然有如此出色的信息搜集能力,这个人又怎么会犯低级错误,很快就遭到了警方的大规模追捕呢?"

"那是因为制订计划的人和实施犯罪的人不是同一个。"

卓也先生说道,"这些话我本不想说,因为如果创也少爷知道了,警戒等级会立刻提升至 E 级。"

"C 级和 E 级,有很大的区别吗?"我问道。

卓也先生点点头:"简单来说,C 级指创也少爷的周围发生了紧急事件,保镖在执行保护任务时可以依据情况进行正当防卫。"

"E 级呢?"

"范围从'周围'缩小为'身边','正当防卫'扩大到'不惜一切代价'。最重要的是,E 级警戒会在创也少爷试图积极参与危险事件时启动。"

我光是听着就已经冷汗直流了。

卓也先生看向创也:"少爷,你知道'Planner'吗?"

创也点点头。

我不明就里,只好用手肘戳了戳创也:"'破烂哪'是什么?垃圾吗?"

"是英语。请不要在这种时候说这么烂的谐音梗破坏气氛。"

创也不留情面的吐槽刺伤了我的心灵,我只好把剩下的话咽回肚子里。

"'Planner'就是所谓的'头脑组织'。"创也向我解释道，"这是一个善于出谋划策的组织，其中会聚了来自世界各地的化学、生物、地震学、数据分析、心理学等各个领域的专家。只要受到委托，他们可以为客户策划任何方案。当然，不是免费的。传说他们甚至干预了几年前的美国总统大选。更丧心病狂的是，只要客户肯付钱，头脑组织还可以起草犯罪方案。有分析称，过去 10 年间，20% 的悬案恐怕都是头脑组织的'杰作'。不过他们并不会亲自参与犯罪，只负责策划方案。关于这个神秘组织的信息少之又少，警方似乎也不知道他们的存在。龙王集团姑且称之为'头脑组织'，他们真正的名称尚未知晓。"

创也看着我，那表情似乎在问我明白了没有。

我重重地点了点头："也就是说，这是一群只会思考却不懂执行的人，对不对？"

"我说了这么多，你就总结出了这句话？你的理解能力还真是优秀。"创也敷衍地鼓鼓掌。

卓也先生看着创也："所以，少爷，你明白了吗？正是头脑组织策划了抢劫运钞车的方案，也是头脑组织把策划好的犯罪方案交给了下单的客户。"

"为什么这个客户没有按照方案行动？如果一切顺利，他应该不会露出马脚，招来大规模追捕。"创也不解。

卓也先生答道："因为方案被一个无业游民盗走了。根据龙王集团的调查，这个人经常在车站出没，年龄25岁至30岁。"

"叫什么？"

"真名不清楚，不过他的朋友都叫他黑猩猩。"

黑猩猩……什么意思？

"这个人头脑简单，暴躁易怒，爱惹事，性格就跟黑猩猩一样，所以他的朋友给他起了这么个绰号。不过，这么称呼他似乎对真正的黑猩猩有点儿不礼貌。"

我同意。

"黑猩猩啊……这个名字让我不得不怀疑取名者的审美。"创也直言。

"是吗？怎么说也比'神出鬼没的深夜派对'——简称'神鬼派'——这个名字强吧？"

听了我的话，创也立刻投来充满杀气的目光。这家伙比黑猩猩还要可怕……

卓也先生继续说道："黑猩猩虽然好不容易盗走了头脑

组织的方案，却无法发挥其真正的作用。"

"为什么呢？"我很疑惑。

卓也先生答道："假设内人少爷得到了一辆世界一级方程式赛车，你有把握跑赢骑电动自行车的阿姨吗？"

我想了想……恐怕赢不了。我根本不会开车，连能不能跑赢骑儿童三轮车的幼儿园小朋友都难说。

"一样的道理。即使方案十分完美周详，实施的人若是没有足够的头脑和技术也是白搭。"

的确。

"黑猩猩用得上的信息只有运钞车通过的路线和时间，以及失败时的逃跑路线和藏身地点。"

原来是这样，一切都解释得通了。

创也开口了："昨晚那个下楼的脚步声就是黑猩猩。他本来躲在天台，但是因为太饿，所以下楼寻找食物。"

"那黑猩猩现在在哪儿？"我问道。

创也答道："恐怕还在校园里，混在校庆日的参观人群中。"

"那不是很危险吗？他为什么不赶快逃走？"

听了我的话，创也耸了耸肩："很简单。昨天校门口一直有警察巡逻，街道上拉着警戒线，就连天上都飞着警方的直升机。"

创也伸手指了指天空。我抬头，看到直升机嗡嗡飞过。

"龙王集团的高层曾说过，不排除头脑组织出手帮助黑猩猩逃跑的可能性。"

"为什么？头脑组织不是只负责策划方案吗？就算黑猩猩被抓了，也跟头脑组织没有关系吧？"我问道。

创也再次耸了耸肩："头脑组织是在暗处活动的组织，不能被警方发现。可是黑猩猩一旦被捕，就极有可能向警察泄密。"

原来如此。可是，他们怎么才能帮黑猩猩逃跑呢？

"创也少爷怎么想？"卓也先生问道。

创也低声说道："魔术师的右手握着一颗小石子，并想让小石子在观众眼前消失。内人，你如果是魔术师的话，会怎么做？"

创也捡起地上的石子，放进我的手中。

我思考了一会儿，开始设计机关。我背过身去，从口袋里掏出两根火柴和一根橡皮筋，然后让火柴穿过橡皮筋抵住两端，再把火柴朝相反的方向转圈，将橡皮筋拧到极限，最后塞进学生证里。

　　"如果有信封会更好……"我转过身来，右手握着石子，左手拿着学生证，"如果我是魔术师，我会这么说：'这本学生证里夹着一只蝎子。'"

　　创也接过学生证，打开的瞬间，两根火柴挣脱橡皮筋的束缚，呼扇着转动起来，把他吓了一跳。于是我趁机把小石子藏进校服袖子里，再展示空空如也的右手。

　　"这种方法合格吗？"

　　创也冲我微笑道："魔术师想要让什么东西消失时，会先把观众的目光吸引到别处，趁此机会动手脚。恐怕头脑组织也会用这一招。"

　　创也缓缓揭开蓝色帆布："可问题是，他们会用什么方法吸引观众的注意力呢？"

　　蓝色帆布下面先是露出一些被人咬过的生意大利面，以及一个盛着水的烧杯。

"我只希望他们的手段能温和一些……"

我和创也有相同的愿望。然而下一刻，这个愿望就被无情地打碎了。

一个做工粗糙的银色箱子出现在我们眼前。箱子虽然不大，却带着异样的压迫感。箱子上安着一个巨大的电子表，表上显示的红色数字正一秒一秒地减少。

这该不会是……

"很明显，是定时炸弹。"创也淡定地说道。

卓也先生看了看手表："爆炸时间预计是下午 4 点。"

这两人一脸平静，只有我深深叹了一口气。运钞车，嫌疑犯，再加上定时炸弹……我此刻的心情就像是在深夜的厨房和蟑螂打了个照面。

什么？你说比起蟑螂，运钞车、嫌疑犯和定时炸弹更恐怖？

不不不，并没有。至少对我而言，它们难分伯仲。（运钞车和嫌疑犯至少不会突然飞到空中，也不会藏到冰箱后面……）

第四场
校庆日当天2 非日常的平方

接下来——

我深呼吸几次，强迫自己冷静下来。眼前是一枚定时炸弹，我必须想点儿办法。

定时炸弹的旁边躺着一张皱巴巴的纸。创也俯身捡起那张纸，把褶皱抚平。我和卓也先生站在创也的背后，和他一起看着这张打印出来的匿名信。

> 敬启者：
>
> 　　逃亡想必十分辛苦，我们是你的同伴。为了助你逃跑，特地奉上此份礼物。
>
> 　　它将会在下午4点启动。一旦启动，警方的直升机一定会注意到，警察就会从各处赶来。届时，警戒网会松懈很多，你就可以趁乱逃跑。
>
> 　　还有，这上面装着防倾斜传感器，绝对不可

以乱动。如果按了什么不该按的地方，你就会变成一具尸体，一样会被警察发现。

祝你好运。

"看来头脑组织不想跟黑猩猩直接碰面。"卓也先生说道。

我闭上眼睛，屏息思考。

之前在山里，有时不得不紧贴着悬崖前行。脚下是万丈深渊，双手必须死死地抠住石缝。生死一线，稍不留神就会掉下去摔得粉身碎骨。

这种时候，该怎么办？

奶奶说过，只要气沉丹田，稳住气息，死亡就会离你远远的。我遵循着奶奶的教导，无数次成功脱离险境，转危为安。看着眼前这枚定时炸弹，我意识到自己又站在了悬崖边。于是，我深吸一口气，把它下沉至丹田。好，稳住，想想办法。

"我看过一本书，上面说想要阻止炸弹爆炸，可以用液氮。"我说。

那本书是这么写的：只要用液氮将炸弹冷却到零下195℃以下，电流就会停止，炸弹就无法被引爆了。

但问题是，液氮可不是到处都有的……等等，那个地方就有！

我想起了科学研究会在理科教室举办的展览。普通的豆腐肯定是没办法钉钉子的，但如果是用液氮冷冻过的豆腐，那就不一定了……理科教室里一定有液氮！

想到这里，我迈开步子就要往理科教室跑，却被创也拦住了。

"冷静，内人。就算理科教室里有液氮也没用。"

我还要怎么冷静？面对正在倒计时的定时炸弹还能保持冷静的家伙，脑子里一定有哪根筋搭错了。

"液氮派不上用场。"创也断言。

"为什么？只要用液氮冷却一下，我们就安全了。书上就是这么写的。"

创也抬手阻止了我继续反驳："那本书已经过时了。定时炸弹早就升级换代了，液氮并不是万金油。"

什么？！我顿感五雷轰顶。

看着一脸震惊的我，创也继续说道："你知道热变电阻吗？"

什么"店主"？我听都没听说过。

"热变电阻是一种半导体，能够根据温度变化大幅改变自身的电阻值。用这种电阻做传感器，就能制造出一种在急速降温时立即引爆的炸弹。"

既然如此，我只好作罢。

接着，我看向炸弹的侧面，那里连着 9 根电线：4 根颜色深浅略有不同的蓝线，4 根红线，还有 1 根紫线。从蓝到红，色彩的渐变甚至有些好看。

电影和电视剧里经常有这种情节：面对即将爆炸的炸弹，主人公要决定剪红线还是剪蓝线。可是，眼前这枚定时炸弹，就算有人告诉我剪蓝线才是正确的，我也不知道到底该剪哪一条。（是瓷蓝色的，还是海蓝色的？）

我又回想起那本书："书里说，只要拆掉导火线，炸弹就是一堆火药。所以——"说着，我就伸手想要揭开定时炸弹的盖子。

创也连忙拦住了我："你忘了刚才那封匿名信上写了什么？炸弹上面可是安装着防倾斜传感器的。"

我立刻缩回了手。

"除此之外，还有可能安装了许多其他类型的传感器：振动传感器、一旦线被剪断就会爆炸的防逆流电路、红外线遥感器、温度传感器、CDS 光敏电阻……可能性很多。不弄清楚是哪种传感器，就不能贸然拆解这枚炸弹。"创也再次断言。

事态越发危急，我却突然冷静了下来——不，和冷静还不太一样，就像是坐着过山车咣当咣当爬上斜坡时的感觉，虽然害怕，却又感到有些兴奋……

没错。虽然不想承认，但是我的确乐在其中。

"好在头脑组织并没打算伤人。"创也说道。

"为什么确信他们不会伤人？"我问道。

创也叹了口气，似乎在说：你连这么简单的事情也想不明白吗？

"内人，如果要在教学楼里放置炸弹，你会放在天台吗？"

我无法回答，毕竟我从来没有想过要在教学楼里放炸弹。（期末考试前除外……）

创也向我解释道："爆炸时产生的冲击波只会向上方和四周扩散，基本不会向下走，所以天台上的炸弹并不会造成什么严重的后果。除此之外，学校规定今天下午所有人都必须去体育馆观看才艺表演，所以 4 点的时候，教学楼里不会有人。"

原来如此，我稍稍松了一口气。但是眼前放着定时炸弹这个现实并没有丝毫改变。况且，学校里还藏着一个抢劫运钞车的嫌疑犯。

创也拿出手机。我在他按下按键之前拦住了他。

"你要打给谁？"

"当然是警察，让他们派排爆小组来。"

"不行！"我夺过手机，按下了关机键，"你有没有想过，现在联系警察的话，会发生什么？"

"很简单。警察赶来，搜查学校每个角落，抓住嫌疑犯，排爆小组顺利处理好炸弹。就是这样。"创也冷静地回答道。

"不，你漏了一件很重要的事——校庆活动会被迫终止！"

听完，创也耸了耸肩："这并不重要，所以我才没有提。警方出动，校庆活动自然没法继续了，改天再重新办一次不就行了？"

"那怎么行？！"我的脑海中浮现出绫子的脸。

我可是受她所托，要录下达夫的英姿。明天绫子就要转学了，改天再办是绝对不行的。校庆活动必须在今天办完！

"今天真是稀奇。通常都是我任性胡来，你想办法帮我善后……"创也手托下巴说道，随即又狡黠一笑，"总之，校庆活动必须进行下去，所以绝对不可以叫警察来，对吧？我明白了。"

创也从我手中拿回手机，放进口袋。

"你不问问我为什么吗？"

"安全至上的你，今天却不顾危险也要让校庆活动继续，我相信你必然有你的理由。等事情结束，你再找时间跟我解释吧。"

原来创也是这样想的。从前我只觉得自己十分了解他，原来他对我的个性也是一清二楚。嗯，我不禁有点儿开心。

然而，卓也先生的一句话却给我俩浇了盆冷水：

"那我来想办法吧。"

我和创也赶紧上前，想要阻止卓也先生拿出手机拨号。但一看到卓也先生的眼神，我们瞬间变成了被蛇盯着的青蛙，一动也不敢动。

"我的工作是保护创也少爷。阻碍我工作的，不管是谁，我都会让他好看。"卓也先生确定我们不会再擅自行动后，对着手机说道，"我是二阶堂卓也。有紧急情况，请出动龙王集团警卫部特别机动队排爆小组，带上复合装甲前往创也少爷的学校。"

"复合装甲是什么？"我问创也。

"一种防爆的防护钢板，以史上最强硬度而闻名。"

"我可以再问一个问题吗？"

"什么问题？"

"为什么龙王集团会有这种东西？"

"龙王集团可是'全方位助力您的生活'的综合企业，有复合装甲也很正常吧？"

是这样吗？

"放心吧，龙王集团的排爆小组可是不输警方的。"创也向我打包票。

卓也先生继续对着电话那头说道："嗯，没问题。一切责任由我的上司黑川主任承担，请放心。还有——"

卓也先生说到这里停了一下，瞥了我一眼："请让排爆小组低调行动，不要引起骚动。少爷的学校正在举办校庆日的活动，请下达命令，禁止妨碍任何学生活动。"

卓也先生挂断电话，刻意避开我的目光，自言自语般说道："大人们有义务保护孩子们的纯真心愿。"

谢谢您，卓也先生。

创也在我旁边不满地说道："那您为什么总是拒绝我的请求呢？"

"因为创也少爷的请求不是'纯真心愿'，而是'单纯任性'。"卓也先生干脆地答道。接着，他像赶小狗似的冲我们挥了挥手。

"我留在这里监视定时炸弹，两位接着自由活动吧。不过，请注意'活动'的方式、方法。"卓也先生轻轻笑了笑，"黑猩猩只不过是个无业游民，对你们构不成威胁。真正可怕的是想帮他逃跑的头脑组织，千万不要掉以轻心。"说完，卓也先生一屁股坐在了定时炸弹旁。

"您确定要放我们离开吗？"创也问道。

"在放弃报警的那一刻，你不是已经决定要靠自己抓住黑猩猩，甚至是头脑组织了吗？就算我说'太危险了，少爷别这样'，你就会乖乖听话吗？"

"……"

"大人的纯真心愿总是会被无视。"卓也先生无奈地耸了耸肩。

"卓也先生，您也要小心。"创也说道。我也冲卓也先生点头告别。

接着，我们走向下天台的楼梯。校庆日的"快乐时光"还在下面等待着我们。

第五场
校庆日当天3 日常与非日常

校园里的人越来越多。

我一边下楼梯，一边问道："接下来该怎么做？"

创也挤进人群："黑猩猩肯定会混在普通访客中间。所以，我们要先去查看访客可能会去的地方。"

原来如此，不愧是创也。普通访客可能会去的地方……那就是经营饮品店或快餐店的班级、展示学生绘画和书法的多功能大厅，以及体育类社团负责的操场。

可是……

"怎么才能从普通人中找出黑猩猩呢？"

创也猛然停住了脚步："这个问题我还没想好。"

果然不出我所料，在鲁莽行事方面，他从不会让我失望。

"求你了，下次能不能想好了再行动啊！"

"这位内人先生的意见，我会慎重考虑。"创也的这个回答可信度为零。

就在这时，突然有人冲我们打招呼：

"哟，好久不见啊！"

人群中，一个穿着白色西装外套的男人朝我们举起了一只手。看到那张轻佻的笑脸，我想起了他的名字。

"神宫寺先生！"

神宫寺身旁还站着一个面色苍白的男子，阴郁的气质和神宫寺形成了鲜明对比。显然，那是柳川。

紧接着，一个红色的身影推开柳川，走到了我们面前——是身穿红色套装和红色漆皮靴的莺尾丽亚小姐。"嘿，我们来玩了哟！"她手里还拿着一串在"路边摊文化研究会"买的棉花糖。

原来是栗井荣太一行人。

不过，其中没有朱利叶斯，却有一个陌生女孩。她穿着有银线刺绣装饰的黑色蓬蓬裙。这张脸我似乎在哪儿见过……是谁来着？

这个女孩就像放大版的洋娃娃一样可爱。周围的学生和访客似乎也注意到了她，纷纷看了过来。

女孩提起裙摆，微微屈了屈膝："我听朱利叶斯提起过二位。我叫朱丽叶。"

可是下一秒，她优雅的气质就荡然无存。

"啊——！这么捏着嗓子说话，真是难受，浑身刺挠！"

看着用方言大喊大叫的"少女"，周围的人纷纷往后退了一步。

我和创也终于想起来了，朱利叶斯有个名叫朱丽叶的第二人格。也就是说，眼前的美少女其实是那个叫作朱利叶斯的小学六年级男生……

我和创也对视一眼，说道："初次见面，朱丽叶……"

直接把他当作朱丽叶来对待，能省去不少麻烦吧。

神宫寺翻着校庆日的宣传册，说："我们来看你们班的活动，在哪儿举办的？"

在我回答"二年五班"后，他露出了疑惑的表情："嗯？二年五班不是饮品店吗？"

"没错，我们班的活动就是办饮品店。"

神宫寺和丽亚立刻睁大了双眼，满脸震惊。如果他们俩是漫画中的人物，此刻背景里还要加上"轰隆"两个大字吧。朱丽叶则对着神宫寺和丽亚抽抽搭搭地哭了起来。柳川面无表情，反而显得惊悚。

"不一定在班里办嘛，也可以在社团那边办。快，带我们去看看吧。"神宫寺很快从震惊中恢复过来。

"办什么？你们在期待什么？"我问道。

朱丽叶突然伸出手，指向我们："别装糊涂了！快让我看看你们设计的游戏！"

原来是这个意思……我和创也明白了：朱丽叶他们以为我们会在校庆日展示RRPG游戏，所以才特地前来。

"为什么没有安排游戏？给我解释清楚。"神宫寺逼近创也问道。不过，我们现在没有闲工夫跟他解释这个。

"这件事稍后我会慢慢跟你说，现在不是时候。"

在普通中学的普通校庆日活动上，安排创也这种狂热游戏迷设计的RRPG游戏会有多么麻烦，栗井荣太这群自由职业者恐怕无法理解。

我赶忙出来解围："其实，我们正在找一个重要人物。等人找到了，再慢慢地……"

闻言，丽亚小姐的耳朵动了动："什么啊！这不是已经开始游戏了嘛。你怎么不早说？"

"你们在找什么人？"

面对朱丽叶的问题，我回答道："是一个叫黑猩猩的人……"

"黑猩猩？原来是要抓猴子，可你们没拿网啊。"游戏发烧友柳川终于开口了。

"我们也要参加，快把黑猩猩的特征告诉我们吧。身高多少？体形如何？"神宫寺说着，拿出了笔记本。

我和创也对视了一眼，答道："不知道。"

"年龄？"

"25 岁至 30 岁。"

"穿着什么样的衣服？外表有什么特征？"

"不清楚。"

神宫寺啪地合上了笔记本："你们这样不行啊。游戏人物的个性一定要提前设定好，不然玩家没法行动。"

我都说了这不是游戏啊……

"算了。总之，我们是一定要加入的。那么，抓住黑猩猩的目的是……？"

"目的？"

看着我呆滞的表情，丽亚无奈地摊开手："真是令人惊讶。没有任务和目的，游戏的乐趣在哪里？比如救出公主、找到宝藏什么的……"

这么说来……我们为什么必须找到黑猩猩呢？

我小声问创也："创也，Nanbaiz 的表演几点开始？"

"学生展示环节的最后，定时炸弹爆炸之前。"

也就是说，4 点之前我就能完成录像，实现绫子的心愿。

"而且，那个时候龙王集团的排爆小组应该也到场了，放心吧。"

"那万一定时炸弹还是爆炸了，你最担心什么？"

"大家都在体育馆里，所以不会出现人员伤亡。天台的地面可能会被破坏，不过反正之前被台风损坏的地方也需要修理，影响不大。"

也就是说——

"就算找不到黑猩猩，也完全没问题啊！"我说完，和创也互相击掌。

我现在的心情就像阴云密布的天空突然现出了一线曙光。

"神宫寺先生，很抱歉，我们决定终止游戏。不过，你们难得来一趟，去我们班里喝杯红茶如何？我们的红茶非常好喝哟。"创也从容不迫地笑道。

"还有纪州青梅干，这可是由野崎酱菜店特别提供的精品。"我也爽朗地说道。

这时，创也的手机突然响了。来电显示是卓也先生。

"创也少爷，龙王集团的排爆小组已经就位。"手机那头传来卓也先生冷静的声音，"据排爆小组说，复合装甲已被占用，所以没能带过来。"

"没关系。"

"便携式 X 光机扫描的结果显示，定时炸弹上装有热变电阻、防倾斜传感器和防逆流电路。"

"嗯，不用担心。就算爆炸了，也不会引起什么伤亡。"

"话虽如此，"卓也先生的声音沉了下来，"我们的专家看了扫描结果后说，从没有见过这样的炸弹。"

"什么意思？"

"也就是说，这是一枚未知的炸弹，所以威力也是未知的。虽然多半不会波及体育馆，但是要做好教学楼可能会严重损坏的心理准备。"

"那位专家的话可信吗？"

"据说他是专门研究炸弹长达 25 年的专家，而且光听介绍，就能看出他对炸弹非常了解。不过这种人一般比较缺乏常识……"说到后半句，卓也先生的声音小了下来。

不妙啊。有热变电阻，就意味着不能用液氮……

"那么，怎么做才能阻止它爆炸呢？"创也问道。

"只能从防逆流电路入手了。9 根线里，只要剪断正确的那一根，炸弹就不会爆炸了。"

9根线……我回想起那4根蓝线、4根红线和1根紫线。剪对的概率是1/9。

"剪哪根比较好呢？"

"据说，只有制造炸弹的人才知道。"

换句话说，除非去问头脑组织。

随即电话被挂断，我和创也的脸上写满了凝重。

"到底发生什么了？"神宫寺依旧笑得阳光灿烂。

第六场
校庆日当天4 日常

"原来如此。我大概明白你们这款游戏了。"神宫寺把茶杯放回茶托。他还是以为我们在说游戏的事。

神宫寺继续说道："通关条件是拆除定时炸弹。为此，玩家必须找到头脑组织，让他们说出该剪哪一条线。但是关于这个头脑组织——"

"完全没有任何信息。"创也接话道。

此刻，我们正在教室里相对而坐。为了跟神宫寺他们说明事情的原委，我和创也把他们带到了这里。

"好吧。也就是说，抓住黑猩猩只是为了引出头脑组织。可是，关于黑猩猩也——"

"几乎没有任何信息。"

听到创也的回答，神宫寺坏笑了一声："你们这款游戏，难度还挺大。"

我们所坐的大桌子旁，不知何时聚集了一圈观众。普通访客和其他班的女生们正用热切的目光望着优雅地端着茶杯的神宫寺和创也，男生们的注意力则集中在了丽亚小姐和朱丽叶身上。

一直在朱丽叶身边转来转去的直树和三郎悄悄向我问道："喂，能不能告诉我那个女孩的电话号码？"

真的要这样吗，直树和三郎？朱丽叶可是男孩子。

柳川身旁倒是十分安静。他独自默默地品尝着纪州青梅干和海带茶。（啊，我身边也很安静。）

"Willow，你有什么想法？"神宫寺抱起了胳膊，问道。

"倒也不是无计可施……"柳川慎重地答道，"犯过罪的人身上有一种不一样的气息。对方是抢劫运钞车的嫌疑犯，即使他混进校庆日来参观的普通访客之中，也很容易被察觉。"

"我的嗅觉可不像你那么灵敏啊……"神宫寺小声嘟囔道。

朱丽叶兴奋地举起了手："这不是很简单吗？只要发现可疑的人，就大喊'黑猩猩！黑猩猩'，不就好了！"

"然后呢？"

面对丽亚小姐的质疑，朱丽叶得意地挺起胸膛回答道："如果那人生气的话，就是认错人了；如果被吓了一跳掉头逃跑的话，那就是黑猩猩本人了。"

丽亚小姐接着问道："如果那个人碰巧也有'黑猩猩'这个绰号的话，怎么办呢？"

"我怎么知道？"朱丽叶干脆地回答道。

简直难以想象这种不经大脑的思考方式和负责精密的程序设计的头脑共存于同一个人身上。

"算了，我们就用各自的方式试试看吧。"神宫寺站了起来，"先找到黑猩猩的一方就赢得游戏，如何？"

创也点点头。

人们常说，人生不是游戏。不过，看着这群把一切都跟游戏联系在一起的人，我不由得觉得他们的人生说不定就像游戏一样有趣呢。

就在我们准备走出教室的时候，耳边传来了达夫的声音：

"创也，你现在要出去？那你上台前可就没有排练时间了。"

"放心吧，乐谱已经完整地印在我的脑海里了，现在立刻上台都没问题。"

"你这么说，我就放心了。"达夫一边说着，一边东跑西窜地应付客人的点单。

我问道："那你呢，达夫？你练得怎么样？"

绫子可是非常期待你的演出，别让她失望啊。

"你在问谁？我可是 Nanbaiz 的队长，这首曲子我已经弹过几万遍了。"

听到这话，我也放心了。

和栗井荣太一行人分开后，我们来到操场，坐到楼梯口旁边的花坛上。

"我们先坐下，冷静一会儿仔细想想。"创也说。

操场上，棒球部的"击打练习场 30 日元 10 球"活动和足球部的"颠球大赛"活动正如火如荼地进行着。相较之下，乒乓球部的活动则显得有些寒酸。他们被文艺社从体育馆里赶了出来，只能把乒乓球台摆在操场上，以 100日元 30 分钟的价格出租，可惜根本没人光顾。（应该没人想在操场上顶着大风打乒乓球吧……）

"我们一直认为，目前所掌握的关于黑猩猩的线索太少了。这个想法，真的是正确的吗？"创也开口了。

虽然他用了疑问句，但是我知道，他并不是在问我，而是在问他自己。为了不影响他思考，我保持了沉默。

"黑猩猩和其他普通访客的区别是什么？黑猩猩不久前

抢劫了运钞车，并且在校庆日之前一直躲在学校的天台上。"创也逐个复盘手中的线索。他的大脑似乎在疯狂运转，无暇顾及周遭的世界。

就在这时——

"学长，要不要来杯果汁？"

一个小贩打扮的初一女生停在了我们面前。她手里拎着一个箱子，里面摆着几杯塑料杯装的果汁——如果班级的生意不好，食材就容易剩下，只能像这样拿出来叫卖。

"来两杯吧，多少钱？"创也此时是不会应声的，我索性代替他回答。

"30 日元一杯。"

我递给女生 60 日元。女生从我手里接过钱，眼睛却只看着创也。

"有人要果汁吗？"女生离开去寻找新的顾客了。

我递给创也一杯果汁。

"哦……谢谢。"创也心不在焉地接过杯子。看来现在不适合找他要钱。

下一个来推销的是初三的斋藤学长。他那结实的体格乍一看有点儿像柔道部的主将，但他其实是畜牧业研究会的会长。

"内藤学弟、龙王学弟！求你们了，买点儿煮鸡蛋吧！"斋藤学长把篮子里的水煮蛋硬塞到我手里。畜牧业研究会在学校里饲养了母鸡和奶牛，产出的新鲜鸡蛋和牛奶平时都是通过小卖部出售，在校庆日上似乎销路不佳。

"多少钱？"

"感激不尽！20日元一个！"斋藤学长接过两个鸡蛋的钱，又去别处叫卖了。

我把水煮蛋分给创也一个，他依然心不在焉地接了过去……这20日元也当是我暂时借给他的吧。

校门口的钟楼上，时针指向了下午2点，马上就要到去体育馆集合的时间了。我剥开水煮蛋，却发现周围没有垃圾桶，只好把蛋壳装进口袋里。

"下午4点，定时炸弹就要爆炸了。黑猩猩一定会趁着大家都惊慌失措的时候，大摇大摆地越过警戒网。难道我们真的只能眼睁睁地看着他按照头脑组织的计划顺利逃走而无计可施吗……"

我一边大口吃着水煮蛋，一边听着创也的牢骚。突然间，我灵光一现。

"我知道普通客人和黑猩猩的区别了！炸弹爆炸时还能保持镇定的人，就是黑猩猩！"

创也叹了口气："你还真是心大啊。都爆炸了才找到黑猩猩，不是太晚了吗？"说到这里，创也突然顿住了，嘴巴都没来得及合上。

怎么了……难道他是想吃水煮蛋了？于是我把剩下的半个水煮蛋塞进了他的嘴里。

创也努力咽下水煮蛋，忙不迭地说道："你说得没错！找出黑猩猩的办法就是找到炸弹爆炸时还镇定自若的人！真厉害，内人！不愧是你啊！"

"还用你说？我也知道自己很厉害。可是炸弹都爆炸了才找到黑猩猩，就太晚了吧？"

"没问题。放心吧！"创也说着站起了身。现在的他和刚才大发牢骚的样子简直判若两人。

校园广播此时响了起来："才艺展示大会即将在体育馆举行，请各位同学和来访的校外人员到体育馆集合。教学楼即将上锁，请勿逗留。再重复一遍，才艺展示大会即将在体育馆举行……"

创也拿出手机拨号："卓也先生，听到了吗？"

"听到了。他们来锁门的时候，我们会藏好的。"

创也点点头："如果炸弹快爆炸了，您一定要立刻撤离。"

"明白。下周还有幼儿园的面试，我是不会让自己死在这里的。"

创也挂断电话，站了起来："好，出发吧！让我们赢取胜利的荣光！"

这做作的说话方式……看来创也现在的状态非常好。

"创也，我刚刚借给你 50 日元，你还记得吧？"我提醒道。

"什么？"创也一脸茫然。

看来我的钱算是打水漂儿了！

体育馆的地板上铺着绿色的薄布。我们在入口处穿上塑料鞋套，走了进去。

全员就位，大家在体育馆里摩肩接踵，席地而坐。之所以没有折叠椅，恐怕是因为实在坐不下这么多人。而黑猩猩就藏在人群之中……恐怕头脑组织的人也……

"创也，你打算做什么？能告诉我吗？"

创也无视了我的问题，一言不发地走向了舞台侧面的广播室，广播站站长——初三的木村学长就在里面。他背对我们坐在一张折叠椅上，正透过小窗望着整个体育馆大厅。

"木村学长，你有空吗？"创也出声问道。

正喝着矿泉水的木村学长回过头："哦，是龙王和内藤啊。有空有空，还得好一会儿才能开始呢，我无聊得很。"他眯起那双微微下垂的眼睛，把我们招呼进去。

广播室里摆放着各种机器，甚至还有一台移动黑板，让本就狭小的室内显得格外拥挤。

"哪个机器可以调节体育馆的时钟？"创也问道。

"那个。"木村学长指了指电灯开关上方的一个盒子。盒子里面有 ON 键、OFF 键和一个小型石英钟。

体育馆用的是电子时钟，挂在舞台一旁的高处。当时钟因停电等问题变得不准时，架着梯子调节时间实在太过麻烦，于是学校在广播室安装了这个盒子远程调节，这样就方便多了。

"木村学长，你知道这个怎么用吗？"

"很简单，按下 ON 键，指针转速就会加快；按下 OFF 键，指针就会恢复到正常速度。"

还真是简单易懂。

"我来说明一下计划，"创也看着我，"我希望你能帮我调快体育馆的时钟，但不要太快，最好控制在下午 3 点半的时候，体育馆的时钟刚好指向下午 4 点。"

"可我没戴手表啊。"

闻言，木村学长指着电脑桌上的一个小型时钟说道："用这个吧。这是电池驱动的无线电时钟，很准。"

创也继续说道："当体育馆的时钟指向下午 4 点时，你就通过广播室的喇叭播放爆炸声和建筑物倒塌的声音。听到这个声音，人们一定会惊慌失措。如果此时的人群中有人异常冷静，就说明他早有预料。那个人就是黑猩猩！"

嗯，到这里为止我都明白。

"好，我们抓住了黑猩猩，接下来会发生什么呢？企图协助他逃跑的头脑组织一定会跳出来，我们就可以趁机问出正确的电线是哪一条。那时，实际时间还没到下午 4 点，我们仍有时间阻止炸弹爆炸……怎么样？是个完美的计划吧？"创也笑得一脸得意。

我把这个计划在脑海中模拟了一遍。嗯，似乎行得通。不愧是创也！

"以往每次到紧急关头都得靠你，偶尔也该轮到我大雄表现一下了。"创也得意地说道。

看着他尾巴都快翘到天上的样子，我忍不住问道："那么，该怎么制造出爆炸声和建筑物倒塌的声音呢？"

"啊？"创也被问得一愣，随即用极其沮丧的声音说道，"这个问题我还没想好。"

不愧是创也！类似的事今天已经发生两次了，再来一次就要上演帽子戏法[1]了……

创也拍拍我的肩，爽朗地说道："舞台我已经为你准备好，接下来，就等哆啦A梦登场了。"

哆啦A梦有时是不是也很想掐死大雄？

我问木村学长："这里有没有模拟音效的磁带？录着爆炸声之类的。"

木村学长耸了耸肩："怎么可能有？这里又不是广播剧录音室。"

确实。我深深叹了一口气。只能放弃了吗？

小时候，奶奶曾对我说过，要努力思考，尽力而为。如果努力过，还是失败了，那就勇敢放弃。全力以赴过，才能笑得无怨无悔。

那么，现在的我笑得出来吗？

笑不出来。

---

1 足球比赛术语，指在同一场比赛中，一名队员三次将球踢进对方球门。此处指同样的事情已经发生了两遍，还差一次就三遍了。——编者注

我不甘心！面对头脑组织，创也的头脑毫无用武之地，我也无计可施。我不甘心，怎么可能笑得出来？！

等等……笑不出来是因为我还没有全力以赴。没有全力以赴，就意味着我还有机会再搏一次。嗯，逻辑很缜密，我也是能好好思考的嘛。

还有希望！一定有办法！

再次燃起希望的同时，我突然想到和奶奶一起进山的时候，奶奶曾经问我："如果我们被十几只野狗团团围住，你会怎么办？"

我连忙环视四周，随手捡起一根木棒。

见状，奶奶严肃地看着我："动手之前，要先动动你的大脑。"说着，奶奶伸手夺走了我手上的木棒。

接着，奶奶给我讲了一个故事：

"从前有两个忍者，他们都遇到了一群虎视眈眈的野狗。一个忍者用手里的剑把野狗全部击倒，另一个则模仿狗叫声，把野狗都吓跑了。这两个忍者都用自己的方法保护了自己，但谁才能在山中生存下来？这个道理你想一想。"说完，奶奶摸着我的头，慈爱地笑了笑。

不要轻易夺去生命，不尊重生命的人是无法在山里生存下来的。奶奶这样告诉我。

谢谢您，奶奶。

我似乎有办法了。我将刚才在脑海中闪现的计划又快速模拟了一遍……嗯，没问题。

"放弃是愚者的行径。现在就说游戏结束，还太早了。"我把手搭上创也的肩膀。

创也呆滞地看着我。

我学着他的语气，继续说道："胜利女神还在对我们微笑，尽管交给我吧。"

"我想问你一个问题……"创也伸出食指。他肯定是想知道我到底想到了什么绝妙的好办法吧。

"你刚才说话的语气，是在学我吗？"

他的问题竟然是这个……我用僵硬的笑声代替了回答。

此时，一直盯着无线电时钟的木村学长打开了麦克风："距离才艺展示大会开始还有 5 分钟，请演出人员做好准备。"

我推了推创也："快，这里就交给我，你快去准备上场吧。我很期待你们的演出哟。"

"我觉得我说话的语气也没那么浮夸吧……"

我把还在嘟囔的创也赶出了广播室。

才艺展示大会开始了。木村学长依照流程，开始播报节目，我则忙着调节时钟的时间。趁着播报的间隙，木村学长问我："你们俩究竟在搞什么鬼？"

这就说来话长了。到底该从哪里说起呢？更何况我现在有点儿忙。

"木村学长，不好意思，给你添麻烦了，但我现在不能告诉你，省得把你也卷进来。"

"那我不问了。如果老师追究，我就说我什么都不知道好了。"木村学长透过小窗看着体育馆大厅，头也不回地说道。

广播室里有两扇小窗，一扇朝向体育馆大厅，另一扇则朝向舞台。此刻，交际舞研究会正在台上表演着他们的新舞蹈。

我对照着无线电时钟，一点儿一点儿地调快体育馆时钟的时间。现在，已经快了 12 分钟。

木村学长正在检查流程表，确认背景音乐是否正确。

我把口袋里看似能派上用场的小玩意儿都掏了出来：昨晚捡到的生意大利面、盛过果汁的塑料杯、水煮蛋的蛋壳，还有吸管。

接着，我打开了扩音器和录音机下方的柜子。映入眼帘的是满满一柜子缠得乱七八糟的电线、一台老式收录音机、堆得跟山一样的磁带，还有一堆装在塑料袋里的旧电池。

"木村学长，这里面的东西，我可以用吗？"

"随便你。"

此时，大厅里传来一阵掌声。

木村学长打开麦克风，说道："接下来，让我们用掌声欢迎山游亭狸狸猫的单口相声表演。"

山游亭狸狸猫，就是我们班的健一。什么，已经轮到健一出场了？！也就是说，离Nanbaiz出场已经没多少时间了！

我赶紧从口袋里拿出绫子的数码摄像机，好险，差点儿就忘了绫子托付给我的事情了。

我从柜子里搬出一个老旧的三脚架，把数码摄像机架在朝向舞台的小窗前。嗯，电池有电，画面完美。如果是从观众席拍的话，镜头可能会被各种障碍物和前面的人挡到。但是从广播室拍的话，就能拍到更清晰的影像了。

很好，继续准备——

"木村学长，这里有可以调整播放速度的录音机吗？"

"我已经说过啦，这里不是广播剧录音室。"

也对，那就没办法了。

我用录音机试了一些旧电池，找出几节快没电的——电力一弱，播放的速度自然就变慢了。现在我只能用这个方法了。

"我大概知道你想做什么了。"木村学长看着我手忙脚乱的样子，微微一笑，"这样吧，作为广播站站长，我有一句忠告。初一时，我创作了一台广播剧在午间播报栏目播放。那会儿前站长告诉我：'真实的声音听起来反而像假的。'这句话有没有帮到你？"

谢谢你，木村学长，我很受启发。

山游亭狸狸猫的单口相声表演结束，木村学长换了盘磁带。

接下来登场的是Nanbaiz。只见成员们穿着统一的校服走上舞台，开始架设乐器。我按下摄影机的开关，小心调整着角度，保证达夫在镜头正中央。这时，我耳边传来定弦的声音和观众的嘈杂声。我看向创也，只见他坐在键盘前，紧闭双眼，一副游刃有余的模样。

大厅传来的掌声逐渐平息下来，木村学长打开了麦克风：

"接下来，是本届才艺展示大会的最后一场学生表演。让我们欢迎本校唯一的摇滚乐团——Nanbaiz！"

"哇！"木村学长话音未落，台下便响起了热烈的欢呼声。他们居然这么受欢迎，真是令我意外……

达夫站在舞台中央，高高举起拿着拨片的右手，观众顿时安静下来。

"Nanbaiz，来了！"他在喊出这句话的同时，拨动了琴弦。欢呼声瞬间如海浪般涌进广播室。

不过，现在可不是欣赏表演的时候。体育馆的时钟已经被我调快了25分钟，现场会有观众注意到吗？就算有人发现了，我也没办法。

我看着铺了一地的材料。这场景活像一档烹饪节目——《三分钟做好菜》。

"内人老师，您今天要教我们做什么菜？"我脑内小剧场中的助理——直子小姐问道。

明明节目开始前直子小姐就已经知道菜名了，但她还是尽职尽责地又问了一遍。

我认真地答道："今天，我们要挑战一款比较特别的作品，那就是爆炸声和建筑物倒塌的声音。"

"真是令人期待啊。"直子小姐欢欣不已。

我冷静地继续说道:"今天需要的材料有录音机、麦克风、磁带。最重要的是,请准备两种不同的电池。"

我把事先准备好的电池展示给直子小姐:"一种是普通的电池,另一种是快没电的电池——快没电的电池会让录音机的播放速度变慢。"

"看起来很复杂呢。"

"是的。如果有能调节播放速度的录音机,那就最好了。"

我继续介绍着所需的材料:"接下来,请准备一个塑料杯、一份意大利面——注意,一定要选没煮过的生面。最后是一个水煮蛋的蛋壳。"

"没有水煮蛋,生鸡蛋的蛋壳行不行?"

问得好。

我回答道:"也可以。不过,使用生鸡蛋的话,最好事先把蛋壳清洗干净。那么,现在我们就来实际操作一下。"

我把普通电池装进录音机里,接到麦克风上。

"接下来,我会对着麦克风吹气,并把吹气的声音录下来。"

说完,我正准备对着麦克风吹气,直子小姐举起磁带,

面带微笑打断了我："录好音的磁带已经准备好了。"

真是细心的好助理啊。

白忙活一场的我重新打起精神说道："那么，我们趁现在再准备一样东西吧。先把蛋壳放进塑料杯里，然后将整把意大利面折断，也放进塑料杯里。"

"内人老师，意大利面放多少合适呢？"

"半袋就行。"

之所以这么说，是因为我手边只有这么多。

"把准备好的东西用麦克风碾碎。"我把麦克风放进杯子里使劲儿碾压，喇叭里随即传来意大利面和蛋壳咔嚓咔嚓的碎裂声。

就在我卖力表演的时候，直子小姐又一次将刚才的磁带递到我面前，面带微笑说："已经录好音了哟。"

"……"

根本就没有我表现的机会……不行，我不能认输！

"准备好磁带后，请换上快没电的电池。"

"已经换好了。"

直子小姐依然面带微笑。

"……"

我脑中的小剧场尚未结束，耳边已经爆发出一阵热烈的欢呼声。看来Nanbaiz的表演结束了，恰好我也准备完毕了。

创也离开舞台，跑进了广播室。

"接下来是教职工表演环节。有请校长为我们带来歌曲《独自美丽》。"

手拿吉他、头戴郁金香造型的帽子、鼻梁上架着蜻蜓眼镜的校长站上了舞台。

"准备得如何？"

听到创也的话，我露出了胸有成竹的笑容："放心，一切尽在掌握之中。"

"我想我们应该找个机会，好好谈谈说话语气的问题。"创也严肃地看着我。

被调节器调过的时钟此时指向了下午3点59分，而无线电时钟显示此时是下午 3 点 29 分。完美!

很快，体育馆的时钟指向了 4 点。

我打开麦克风，播放起刚刚录好的磁带，把音量调到最大!

轰——!

哗啦啦!

体育馆的喇叭里传出爆炸声，同时伴随着建筑物轰然倒塌的声音。这巨响让馆内的空气都共振起来，几乎撼动了整个体育馆。惊叫声在体育馆里回荡，惊慌失措的观众双手抱头，蹲在大厅的地板上。

我和创也透过小窗盯着大厅中的人群。

在哪里……黑猩猩到底在哪里……

只见有人蹲在地上，有人用手抱住头，还有人和身旁的人紧紧抱在一起……在这种情况下还保持冷静的，只有我和创也。（当然，木村学长也饶有兴趣地看着大厅。）

不对，除了我们，肯定还有一个人!

在哪里……到底在哪里……

现在，所有人都抱着头蹲在地上，只有三名年轻男子若无其事地站在人群中。（此外，栗井荣太一行人也很镇定自若。）黑猩猩，肯定就在那三人当中!

建筑的倒塌声逐渐停了下来。我关掉录音机。随着喇叭不再作声，蹲在地上的人纷纷站了起来。

"趁现在，快逃！"

不知是谁突然大喊了一声。听到喊声，所有人一齐往出口处跑去。糟了，人这么多，搞不好会发生踩踏事故。

我从口袋里拿出纸巾搓成圆球，快速塞进耳朵里。

"你要做什么？"创也小声问道，但此刻我已经没有时间回答了。再不快点儿，说不定会有人受伤！

麦克风依然开着。我把指甲立在移动黑板上用力一刮！指甲刮过黑板的尖锐声响通过喇叭播放出去，杀伤力更是倍增。

虽然我已经用纸团塞住了耳朵，听到的声音没那么刺耳，但是光想象一下，从后背到脖子就起了一大片鸡皮疙瘩。（不知道指甲刮黑板是什么声音的人，请自己刮一下试试看。刮毛玻璃可能也有同样的效果。不过事先声明，后果自负哟。）

人群的哀号声比刚刚更大，瞬间响彻整个体育馆。就连我身旁的创也和木村学长也捂住耳朵痛苦地呻吟起来。我也没有幸免，光靠想象就已经浑身难受了。

创也平日里梳得一丝不乱的头发塌了下来，他刚从惊吓中恢复过来就恶狠狠地瞪着我，眼神中冒着杀气："我从没有过这么强烈的想掐死你的冲动。"

听起来不像玩笑，着实可怕。

"为什么不提前让我堵住耳朵？"

"我只是没有时间说，但真的没有恶意。"

面对我无力的辩解，创也拒不接受。

我继续说道："现在还是赶紧找出黑猩猩更要紧！"

"也对。"

创也的眼神里依然燃烧着压制不住的怒火，语气却松动了一些。看来想要得到他的原谅，恐怕要花上一段时间了……

我们跟木村学长道过谢，走出了广播室。

"下次你们再有什么计划，可千万别算上我……"似乎是因为耳朵还没有恢复，木村学长仍是满脸痛苦。

大厅里，人们纷纷抚着头和胸口站起来，看起来十分难受。

"刚刚发生了什么……"

"啊……好恶心。"

"是谁干的好事！"

大家沉浸在指甲刮黑板的声音带来的痛苦之中，忘记了一开始的爆炸声。他们如果知道刚刚的声音是我制造出来的，恐怕不会给我好果子吃。

突然，栗井荣太一行人拦住了我们的去路。

"刚才的声音是你们弄出来的吧？"神宫寺眼含杀意。

跟在他后面的，是看上去快要晕厥的柳川和丽亚。柳川尤其严重，他双手按着胸口，胃里似乎正在翻江倒海。朱丽叶倒是一副安然无恙的样子。

"为什么大家都是一副想吐的样子？"朱丽叶疑惑地问丽亚。

看这情形，如果让大家发现真凶就是我，不敢想象我会遭到什么样的报复。

"你有什么证据？"我决定装傻。

神宫寺强压下满腔的怒火，说道："算了，还是先找到黑猩猩再说吧。"

神宫寺伸出手，指了指刚才被我们锁定的那三个年轻男子。我和创也点点头。但是，怎么确定究竟是哪个呢？

这时，朱丽叶狡黠一笑，用双手在嘴巴两边做成喇叭状，大喊道："黑猩猩，找到你了！"

那三人中的一个对这声音有了反应——他靠墙站着，将毛线帽拉下来盖住眼睛，身上穿着时髦的运动外套和宽松的牛仔裤。视力极好的我，还捕捉到他的嘴角有一丝若有似无的微笑。他就是抢劫运钞车的嫌疑犯——黑猩猩！

"能在最后锁定黑猩猩，可是我的功劳。所以，这场游戏是栗井荣太获胜。"朱丽叶得意地说道。

现在可不是计较胜负的时候。当务之急是借黑猩猩引出头脑组织，问出能够拆除炸弹的正确电线。

黑猩猩突然听见有人叫自己的绰号，意识到自己的身份被人发现了，于是迅速从外套口袋里掏出一把折叠刀，挟持了站在不远处的筱原老师。

"不许动！"黑猩猩把刀架在筱原老师的脖子上，大喊道。

大厅里的人不清楚发生了什么事，纷纷站在不远处观望。

"都给我让开！"黑猩猩挟持着筱原老师，往体育馆门口移动。

"创也，卓也先生在哪儿？"

"还在天台上等我们的消息。"

也就是说，即使现在叫卓也先生过来也来不及了。

"放心吧，这种无业游民，Willow用一只手就能撂倒他。"神宫寺拍了拍柳川的肩。

谁知柳川的身体晃了几下，倒在了地上。刚刚刮黑板的声音似乎给他带来了极大的伤害。

"Willow是音乐人，所以对刺耳的声音比普通人更敏感。真是的，到底是哪个浑蛋弄出的那种噪声！"神宫寺看着我们，话带讽刺。

那个浑蛋此刻正装作若无其事的样子望着天花板，避开了神宫寺的眼神。

这下麻烦可大了。在我的人际关系网里，能够和持刀的暴徒正面过招的，只有卓也先生和柳川。现在……我们束手无策。

这时，几位男老师逐步逼近黑猩猩，试图伺机将他扑倒。

"都不准动！"黑猩猩把架在筱原老师脖子上的刀拿开，朝男老师们挥舞起来。

筱原老师没有放过这个转瞬即逝的机会。电光石火间，她缩起身体，成功地从黑猩猩的双臂间滑脱出去，紧接着一个回旋踢正中黑猩猩持刀的手腕。刀子旋转着飞向空中，最后插进了体育馆的墙壁内。

黑猩猩还没反应过来，手上的刀子就不见了，他不由得愣在原地。

成功逃脱的筱原老师并没有离开犯罪现场，依然站在黑猩猩面前。有一瞬间，我好像看到筱原老师的嘴角微微朝上动了动。只见她的右手闪电一般朝着黑猩猩的脖子袭去，那动作简直就像蛇扑向猎物。

黑猩猩的脖子发出咔嚓一声。下一秒，他便浑身无力地倒下了。

"啊，好可怕！"筱原老师俏皮地说道。

我仿佛能听见围观群众的心声：可怕的是筱原老师才对吧！

不久后，警察进入体育馆，带走了黑猩猩。老师握着麦克风极力呼吁，想让大家冷静下来，但人群的骚动迟迟未能平息。

黑猩猩是找到了，可最关键的头脑组织却依旧不见踪影。

"你说头脑组织会在哪儿？"我问创也，他却不说话，似乎在思考着什么。

我管不了那么多，继续催促道："再不快点儿的话，真正的炸弹就要爆炸了！"

创也托着下巴，仍然没有回答。

再跟他耗下去也是白费力气。我环视大厅四周，试图凭自己的直觉找出头脑组织。

"别找了，内人。"创也看着东张西望的我，终于开口了，"我终于想明白了。跟我来吧。"说着，创也一把拉住我的手。

"创也，你找到答案了？"

创也微微一笑："It's a showtime!（真相即将揭晓！）"

我们离开了体育馆，同样从体育馆出来的人正三三两两地走在操场上。我们找到了正打算进入教学楼的筱原老师，她周围不知为何连个人影都没有。

"筱原老师，您要去哪儿？"创也出声问道。

"去配合警察做笔录。虽然我是人质，但按例，警方也要问话。"筱原老师说着，伸手去开教学楼的门锁。

"您打算就这样一去不回吗？"

听到创也的话，筱原老师的动作顿住了。她慢慢打开教学楼的大门，转过身来面向我们，那张脸上依旧挂着温柔的笑容。

"为什么这么说？教育实习还剩一个礼拜呢，中途放弃就拿不到学分了。"

"但这样的前提是，您是真正的实习老师。"说完，创也猛地伸出食指，指向筱原老师，"您其实是头脑组织的人。"

"等一等，创也。"我插嘴道，"你说筱原老师是头脑组织的人，有什么证据？"

"现在我就证明给你看。"创也看向我，"最先让我产生怀疑的，是昨天发生的一件事。就在筱原老师来我们班的时候，另一位实习老师也来了，对吧？"

没错，是村上老师。

"他看了名牌，才管她叫'筱原老师'，说明他并不知道面前这个人是谁。你不觉得奇怪吗？明明是一起来实习的，怎么会不知道对方的姓名？"

"实习老师有四十多个呢，互相不认识也很正常吧。"

"就算不认识，肯定也碰过面，谁是实习生，谁不是，应该一眼就能分辨出来。可村上老师跟筱原老师说话时的语气不像是对实习生，更像是对正式老师。"

筱原老师一言不发，静静地听着创也的话。

我无意袒护筱原老师，但创也的逻辑我也难以接受："可如果按你所说，筱原老师不是实习生，而是头脑组织的人，那有些地方就说不通了。教育实习两周前就开始了，而运钞车被抢劫是前天晚上才发生的事。头脑组织的人应该是在运钞车被抢劫之后才出现在学校的，时间对不上。"

"因为筱原老师来学校的时间是昨天，而不是两周前。"

"难道就没有任何人注意到吗？"

创也点点头："筱原老师做的事情跟蝙蝠恰好相反。蝙蝠在走兽面前说自己是走兽，在鸟类面前说自己是鸟；筱原老师在正式老师和学生面前假装自己是实习生，在实习生面前又假装自己是正式老师。所以，即使她突然出现，也根本没有人怀疑她的身份。就算本校的师生觉得她有些陌生，也只会以为她是实习生。毕竟没有哪个正式老师能记住所有实习生的脸和姓名，而实习生也只认识自己的带教老师。"

"我可以理解筱原老师可能不是实习生，"我说道，"可你还是没有证据能够证明她是头脑组织的人。"

"刚才筱原老师被黑猩猩挟持做了人质。这件事也不是偶然发生的，而是刻意安排的，为的就是光明正大地靠近黑猩猩。接着，为了不让黑猩猩被真正的警察抓到，她自己出手撂倒了黑猩猩。随后立刻赶来的警察也是头脑组织事先安排好的假警察。因为头脑组织为了自身的安全，必须想尽办法阻止黑猩猩被捕。"

嗯，创也说的这些也不是完全没有可能，可是……

"即使这样，也不足以证明筱原老师就是头脑组织的人啊。"

"对啊对啊！"筱原老师立刻顺着我的话说道，"这名字太烂了，我才不会加入这种组织呢。"

接着，她莞尔一笑："不过，我也不会告诉你们组织真正的名字。"

说这句话的时候，筱原老师跟刚才简直判若两人。

"'头脑组织'是龙王集团为了方便起见取的名字。我承认，的确不怎么样。换作我的话，一定会取个更优雅的名字。"创也说道。

真的吗？我永远无法忘记"神鬼派"这个糟糕的名字。

"但我想知道的并不是你们组织的名字，而是能解除定时炸弹的电线。剪断哪根线才能阻止炸弹爆炸？"

"这个嘛……"筱原老师抱起胳膊，露出坏坏的笑容，假装思考起来。

我望向教学楼的时钟——下午3点55分。快没时间了！

"我不爱听笨蛋说话。"筱原老师轻蔑地笑道，"可惜啊，要是你们比我更聪明、更强大，我倒是可以跟你们聊聊。"

看来，她是不肯说了。

就在这时，教学楼内突然出现了一群穿着黑西装的人，想必是龙王集团的防爆小组。来者共有六人，发型、体格、年龄各异，有人戴着墨镜，有人蓄着胡子。唯一的共同点是，他们都和卓也先生一样穿着黑色西装。也就是说……黑西装是龙王集团的制服？

"创也少爷，要剪哪根线？"其中一人问创也。

创也目不转睛地盯着筱原老师，说道："还没问出来。卓也先生呢？"

"还在楼顶天台待命。他说，他相信创也少爷一定能问出正确答案。"

创也狠狠咬住嘴唇，然后掏出手机，大吼道："卓也先生，赶快逃！我虽然见到了头脑组织的人，但是问不出答案！"

然而电话那头却传来卓也先生冷静的声音。

"还有三分钟。"卓也先生的声音没有一丝慌乱，似乎并不害怕身边这颗近在咫尺的炸弹。

我本想按住筱原老师，想想还是作罢了。面对一招就能击倒黑猩猩的筱原老师，我根本不是对手。

"明智的选择。识时务者为俊杰。"筱原老师冲我眨了眨眼。

这时，一个足球滚到了我的脚边，是足球部举办颠球大赛用的道具。我俯身捡起足球。

见状，筱原老师大笑了起来："现在的中学生真是比我想象的还要幼稚。你打算学那个小学生侦探，用足球攻击我吗？"

可恶！

我飞起一脚，踢飞了足球。

咚！

足球并没有朝着筱原老师的方向飞去，而是直直冲向了天空。

"哇！吓我一跳！有个球飞上来了！"手机那头传来卓也先生的声音。

"你还是叫天台上的人快逃比较好。那么，我先告辞了。"筱原老师转身要走。

创也想趁机从背后扑倒她，但被我拦下了。

"干吗拦我？"创也扭动着身体，试图挣脱。

我学着他平时常用的语气说道："冷静一点儿。这场游戏的胜利属于我们。"

嗯，这种时候，果然还是创也的语气更应景。

创也一脸错愕地看着我。筱原老师也察觉到了危险，快速转过身来面向我们。我伸出食指，对着筱原老师比了一个手枪的手势。

"It's a showtime!（好戏即将上演！）"

下一瞬——

足球携着劲风，以惊人的速度从楼梯间冲了出来。

"什么?！"

看着从意想不到的方向飞来的足球，筱原老师根本来不及躲闪。足球重重拍在筱原老师的脸上，将她击倒在地。我和创也迅速上前，将倒下的筱原老师死死按住。

下午 3 点 59 分。还有时间！

"我们赢了，快告诉我们哪根电线可以解除炸弹。"创也冷冷地说道。

"真糟糕啊，没想到你们居然设下这种陷阱……"筱原老师这样说着，语气中却听不出懊恼。

陷阱谈不上，我们只不过是在玩 3D 保龄球罢了。

筱原老师叹了一口气，把答案告诉了我们："剪断群青色那条线就行了。"

话音未落，创也立刻冲着手机大喊道："群青色！卓也先生，剪群青色那条！"

漫长的几秒钟过后，电话那头传来卓也先生的声音：

"群青色……是什么颜色？"

这是我们听到的最后一句话。

下午 4 点，到了……

"卓也先生！"创也绝望地大喊。与此同时——

啾！砰砰砰！

天台上传来骇人的爆炸声。紧接着，五彩缤纷的烟花在空中炸开。

"什么……"我们呆呆地望着楼顶上空绽放的烟花。

"哇！是烟花！"

"好美啊！"

"用烟花表演给校庆日收尾，好棒的创意！"

从体育馆出来的人们都被这边的动静吸引了，纷纷抬头望着烟花发出赞叹。我和创也瘫坐在地上。

"创也……龙王集团的炸弹专家的确说过，这是一颗从未见过的炸弹，对吧？"

"难怪专家没见过，因为它根本不是炸弹，而是烟花，还是在白天也能看清的特制烟花。"

不知什么时候，龙王集团的防爆小组消失了。

我揪住创也的前襟："你们为什么要雇用那种不靠谱的专家?!"

"又不是我雇的! 是龙王集团!"创也立刻回嘴道。真是够了……

等我们回过神的时候，筱原老师早已不见了踪影……还是让头脑组织的人跑了。

卓也先生从天台上走了下来。

"白天的烟花也别有一番风味呢。"说这句话的时候，卓也先生的脸上还东一块西一块地挂着火药灰。

"您要是早点儿逃走，脸也不至于脏成这样。"创也给卓也先生递了块手帕。

"那是因为我一直坚信创也少爷能问出正确答案。"卓也先生的话里带了点儿讽刺之意。

"我的确问出来了，是群青色的那根电线。"

"如果真的有人能从那一堆相似度极高的蓝线中精准分辨出群青色，请你一定介绍给我认识。"

两人的对话火花四溅。

"不要计较那些了，反正大家都平安无事，对吧!"我拼命缓和现场的气氛。

这时，神宫寺一行人姗姗来迟。

"真是美丽的烟花啊！"神宫寺一行人看起来很开心。（说起来，栗井荣太也喜欢放烟花。）

"就像是为了庆祝我们的胜利。"朱丽叶双手抱在胸前。

"等一下，找到头脑组织，问出正确电线的可是我们。所以，我们才是这场游戏的最终胜利者。"创也揽住我说道。

没错！（更准确地说，我那一球才是决胜的关键。）

"不要狡辩了！我们明明说好，先找到黑猩猩的一方获胜！"朱丽叶反驳道。

"以黑猩猩这种小角色来定胜负，未免太荒谬了吧？不如痛快承认打败了头脑组织的我们才是赢家。这样，栗井荣太也算是输得有骨气。"创也寸步不让。

两人唇枪舌剑，针锋相对。战斗一触即发之际，神宫寺横插一脚，站在了两人中间。

"今天算平手，行吗？"

神宫寺朝创也伸出手，创也伸手回握住神宫寺的手。比赛结束，双方握手。嗯，氛围很和谐。

然而创也似乎并不服气："从进球数来看，还是我们比较多。”

真是多嘴的家伙。

“你要这么说的话，观众的嘘声也是你们得到的比较多！也不知道是谁，搞出那个刮黑板的声音！”朱丽叶迅速反击。

听到朱丽叶的话，柳川似乎是想起了什么可怕的记忆，脸上的血色一瞬间又褪得干干净净。

“不过，你们似乎碰上了难缠的对手哟。”丽亚小姐咬着醋昆布说道，语气听起来还挺愉快，“为了引出幕后的‘策划家’闹出这么大的动静，我看这件事不会这么容易就结束。”

我并不想问这个问题，但最终还是忍不住举起了手：

“‘策划家’是什么？”

“就是你们所说的‘头脑组织’啊。他们替人策划各种各样的方案，所以我们就称其为‘策划家’。”丽亚小姐歪着头，微微一笑。

我又问出了另一个不想问的问题：“这个名字是谁起的？”

“我啊！这名字不错吧？”

丽亚小姐似乎有些害羞，我只能模棱两可地笑了笑。（要是对丽亚小姐说了什么不该说的话，后果可是很可怕的……）

“的确是不错的名字。”创也由衷地赞美道。他的审美也挺可怕的。

"好！那么，下一个游戏就这么定了——"神宫寺猛地拍了拍手，"问出'策划家'真正的名字，如何？"

"很好。"创也露出了意味深长的微笑。

不好！

我和卓也先生试图说服创也。"策划家"也好，"头脑组织"也好，不管叫什么名字，这个组织都很危险！然而——

"再见！"

神宫寺一行人渐渐走远了。创也露出心满意足的神情，目送着他们离开。（至于我和卓也先生是什么表情，我想不用写，你们也能猜到吧？）

唉，难道这就是我们的日常生活吗？

谢幕

战斗结束……
了吗？

放弃是愚者的行径！所以，我是不会放弃的。

你问我，不会放弃什么？你们该不会都忘记了吧？这个故事，可是从我计划邀请堀越出去看电影开始的。至于那个神秘组织的真名，无所谓！

我誓要完成"S计划"！

所以我必须振作起来，重新制订作战方针。既然已经知道了约堀越出来看电影是不可能的，那就必须另辟蹊径。

约她去美术馆或水族馆怎么样？

嗯……不行。

我对艺术一窍不通。如果堀越喜欢的话也就算了，问题是她似乎也不太在行……（我想起她曾经对着美术教室墙上那幅毕加索的作品说："干吗挂小学生的画？"）

水族馆倒是可以。不过，我们这里的水族馆有一个不好的传言，据说一起去那里的朋友很容易吵架绝交。

这个传言，创也之前也提起过。

"这个传言还是有一定依据的。"

"怎么讲？"我问道。

"因为那座水族馆里的灯大多是汞灯，也就是水银灯。"创也不耐烦地回答道，一句都不肯多说。

没办法，我只好厚着脸皮继续问："为什么水银灯多就会导致朋友吵架？"

创也无奈地摊了摊手。不用说我也知道，这个动作的意思是：你连这都不知道？但凡动动脑子呢？

"水银灯会衬得人的脸色很难看。好不容易出来玩，对方的脸色却很难看，很多人就会生出'和我出来玩不开心吗？''为什么给我摆脸色？'等消极的想法。这恐怕就是双方吵架的原因。"

原来如此，这解释相当令人信服。我拿出笔记本记下：不能去有水银灯的地方。

美术馆不行，水族馆也不行，此刻的我已是山穷水尽，无计可施了。这样一来，我更加坚定地认为，对不擅长制订出游计划的我而言，看电影才是可操作性最强的安排。

首先不用烦恼没有话题。无话可聊时，还可以讨论一下刚才看的电影剧情。其次，我不用花任何心思，就能和她一起待上整整两个小时。

　　唉，真是太可惜了啊……

　　"话说回来，你还没想到看电影以外的行程吗？"

　　听到创也的问题，我摇了摇头。就在我以为创也会大发
慈悲给我什么建议时，他却陷入了沉默。

　　"创也船长，有人在呼救啊，救助船还不出动吗？"

　　"船长有事必须思考，救助船暂停出航。"

　　"必须思考的事？"

　　"自然是游戏的事。还有头脑组织，我也很在意。"

　　说完，创也转身面对电脑，开始查资料。对沉浸在自己
世界里的创也说什么都是白费力气，看来我只能靠自己了。

　　我俩就这样思来想去，各怀心事。（虽然我也想过，与
其胡思乱想，倒不如采取行动……）

　　总之，"S 计划"尚未结束。虽然我不想面对，但是创
也的游戏创作计划以及对头脑组织的追查也没有结束……
不过，再继续讲下去的话，我就要身心俱疲了。尤其是这次，
精神上的疲劳更甚。

　　所以，稍微让我休息一下也不算过分吧？

　　红茶时间到——我把两人份的水倒进了水壶里。

是否要存档？

▶ 是

否

已存档。

"都市里的汤姆&索亚"①我们的城堡

"都市里的汤姆&索亚"②欢迎来到游戏之馆

▶ "都市里的汤姆&索亚"③战斗何时才能结束？

后　记

大家好，我是勇岭薰。

让各位读者久等了，特此献上"都市里的汤姆＆索亚"系列的第三册《战斗何时才能结束？》。

接下来，有件非常重要的事情要向大家汇报，那就是：勇岭薰，在截稿前两周，顺利交稿！

每一次！每一次都要在后记里写上"非常抱歉又拖稿了"等道歉语和说辞的勇岭薰，这次终于提前交稿了！我的人生圆满了。（不，这么说并不是要隐退的意思……）

今后，我也会严守截稿日期。即使我这么写，也没有编辑会相信我吧……呜呜……

这一册的名字是《战斗何时才能结束？》。之所以叫这个名字，是因为邀请女孩出来玩，一起度过快乐时光，可以说是每个男生都无法避免的重要战斗。

在这一册的故事中，内人为了让战斗顺利结束，真可谓煞费苦心。也请大家一起祈祷内人能够早日迎来战斗结束的那一天。（这么说来，男生还真是不一样的生物。）

多说一句，本书提到了诸多看似是好友聚会小技巧的做法。如果有哪位读者抱着"噢，学到了！"的心态如法炮制，结果却碰了一鼻子灰的话，我可概不负责哟！

不知不觉，这个系列越写越长。内人做出了许多连作者都意想不到的事，创也也渐渐说出了许多连作者都意想不到的话……于是这次的故事也越写越长。

这次删掉了校园的七大灵异故事和卓也先生在公共澡堂跟人搏斗的情节。我希望有一天，这些删掉的情节能够有机会与大家见面。

最后是感谢的话。

总能给我重要建议的店长——热血书店老板中村巧先生，这次也教给我许多关于防盗系统的知识。假如店长工作的书店"书中野兔"里有外客入侵的痕迹和一张"怪盗奎因前来拜访"的卡片，搞不好嫌疑犯就是我哟！

西炯子老师，感谢您一直为这套书制作精美的插图。这次我提前交稿了，下次见面可要记得夸奖我哟。

讲谈社的小松编辑、水町编辑、阿部薰部长，这次，过长的原稿一如既往，又给你们添麻烦了。下次，我一定会遵守截稿日期和原稿页数的要求。(请相信我!)

感谢我的妻子,还有琢人、彩人。等我完成了一篇又一篇的稿子,就能抽出点儿时间来了。到时候,一起出去玩吧!

时光飞逝,一如白驹过隙……

自我于1990年4月16日(顺带一提,那天刚好是我二十六岁的生日)出道以来,很多个春天已经过去了。这些年,正是因为有大家的支持,我才一直保持着写下去的动力。在此,请接受我由衷的谢意。今后也请大家多多关照。

继果井荣太之后,又一个谜一样的组织——头脑组织登场了。故事究竟会如何发展呢?身为作者,我只能祈祷卓也先生能够顺利找到幼儿园老师的工作。

那么,敬请期待内人与创也即将展开的新的冒险。

最后,祝大家身体健康。

Good night and have a nice dream(晚安,好梦)!

MACHINO TOMU ANDO SO-YA (3) ITSU NI NATTARA SAKUSENSHUURYOU?

© Kaoru Hayamine/Keiko Nishi 2005

All rights reserved.

Original Japanese edition published by KODANSHA LTD.

Publication rights for Simplified Chinese character edition arranged with KODANSHA LTD. through KODANSHA BEIJING CULTURE LTD. Beijing, China.

本书由日本讲谈社正式授权，版权所有，未经书面同意，不得以任何方式做全面或局部翻印、仿制或转载。

Simplified Chinese translation copyright © 2025 by Beijing Science and Technology Publishing Co., Ltd.

著作权合同登记号　图字：01-2024-1510

图书在版编目（CIP）数据

战斗何时才能结束？ /（日）勇岭薰著 ；（日）西炯
子绘；徐畅译. -- 北京 ：北京科学技术出版社，2025.
（都市里的汤姆 & 索亚）. -- ISBN 978-7-5714-4321-4

Ⅰ. I313.84

中国国家版本馆 CIP 数据核字第 20248DR582 号

策划编辑：桂媛媛		**电　话**：0086-10-66135495（总编室）
责任编辑：李珊珊		0086-10-66113227（发行部）
责任校对：莫　萍		**网　址**：www.bkydw.cn
图文制作：沈学成　杨严严		**印　刷**：北京顶佳世纪印刷有限公司
责任印制：李　茗		**开　本**：889 mm × 1194 mm　1/32
出版人：曾庆宇		**字　数**：152 千字
出版发行：北京科学技术出版社		**印　张**：9
社　址：北京西直门南大街 16 号		**版　次**：2025 年 3 月第 1 版
邮政编码：100035		**印　次**：2025 年 3 月第 1 次印刷
ISBN 978-7-5714-4321-4		

定　价：39.00 元